夜班便利店

林二 著

江苏凤凰文艺出版社
JIANGSU PHOENIX LITERATURE AND ART PUBLISHING

图书在版编目（CIP）数据

夜班便利店 / 林二著 . -- 南京 : 江苏凤凰文艺出版社 , 2020.10
ISBN 978-7-5594-5068-5

Ⅰ . ①夜… Ⅱ . ①林… Ⅲ . ①故事 – 作品集 – 中国 – 当代 Ⅳ . ① I247.81

中国版本图书馆 CIP 数据核字 (2020) 第 153718 号

夜班便利店

林二 著

责任编辑	刘洲原
统筹监制	陈　暖
责任印制	刘　巍
出版发行	江苏凤凰文艺出版社
	南京市中央路 165 号，邮编：210009
网　　址	http://www.jswenyi.com
印　　刷	杭州日报报业集团盛元印务有限公司
开　　本	880 毫米 × 1230 毫米 1/32
印　　张	8
字　　数	100 千字
版　　次	2020 年 10 月第 1 版
印　　次	2020 年 10 月第 1 次印刷
书　　号	ISBN 978-7-5594-5068-5
定　　价	46.80 元

献给　每个被白天抛弃的　人

YEBANBIANLIDIAN

24-HOUR
CONVENIENCE STORE

夜班
便

欢迎

24-HOUR
WELCOME

Y E B A N B I A N L I D I A N

光临

店”

序

人到了某个阶段，就会不自觉地喜欢宏大的东西。我没能例外。那个阶段到来之后，我跟很多人一样，开始喜欢在大城市里游逛，看着巨大的楼宇和广阔的城市，吹着凛冽的过堂风，幻想自己跟城市的故事。

过了两年，我再次抬眼看那些高楼，忽然意识到，啊，城市是大的，但我是小的。其实每个人都需要一个属于自己的角落，避一避楼宇之间的风。我们管那叫寻找温暖。

很多人喜欢咖啡厅，窝在椅子里可以做很多事。我则不同，在角落里的时候也喜欢逛，看遍方寸之间的丰富多彩。后来被我发现一个好地方——便利店。

从某个方面来看，便利店和城市差不多。城市陈列着亭台与楼阁、梦想和失落，而便利店则陈列着多姿多彩的商品，同样让人目不暇接。更妙的是，有些店里还备了桌椅，设置了用餐区。一般没人想到。在那里，客人可以闹中取静。

从那时起，“夜班便利店”就有了雏形。

但在开始构建这家特别的“便利店”之前，我对美食其实没什么概念，认为吃的东西能吃就行，不必在乎是否美味。直到某一天，在超市里买到了黄飞红，嗯，那是最好吃的麻辣花生。有花生自带的香味，辣椒微微的辣味，花椒炒过之后的香和麻，花生炸得恰到好处，又酥又脆，吃起来就停不下来。

任何事都有一个入口，我上美食的船也只需要一袋花生而已。从那以后便一发不可收拾，我不仅喜欢吃，更喜欢探索，总想尝试新的食物。以前我喜欢逛超市，逛便利店，只是喜欢看而已，那之后逛起来就有了目的。

探索美食的过程中，会有人向我推荐他们最喜爱的食物。满足味蕾之余，我对这个“最”更感兴趣了。人的精力有限，爱也有限，最真挚的喜爱一定会奉献给牵绊最深的东西。一个“最”字，背后隐藏了很多的故事。

想通了这个，摆在便利店货架上满满当当的那些食物、物品，从此充满了生命力。跟它们关联着的人们，来来往往，带着不同的故事。在白天，也许我们戴着面具，但到了深夜，夜色给了人和食物共同的出口。

至此，夜班便利店才算真正“开张”了。

《夜班便利店》能够走到今天，最终成书，要感谢的人很多。我要感谢豆瓣阅读、风炫文化的编辑老师们，以及长久以来一直支持这家“便利店”的人们，还要感谢一直守护着本店的店长、小苗，以及店里的常客欢哥、阮叶，甚至店里的关东煮、小雪人、葱油拌面等，以及跟这些食物关联着的每个鲜活的人。

让我们感动的到底是美食，还是它们背后的人，已经很难说清。他们都曾在生活里留下不可磨灭的痕迹，在每一个深夜迸发出自己的光辉。在《夜班便利店》里，他们合而为一。

希望你们能在《夜班便利店》里，找到属于自己的食物。

夜班便利店

YE BAN BIAN LI DIAN

MENU

CONVENIENCE STORE 1

过期盒饭

GUOQIHEFAN GUOQIHEFAN GUOQIHEFAN
GUOQIHEFAN GUOQIHEFAN GUOQIHEFAN GUOQIHEFAN GUOQIHEFAN GUOQIHEFAN

¥ 1.70

小雪人

XIAOXUEREN XIAOXUEREN XIAOXUEREN

¥ 2.60

陀螺小姐

TUOLUOXIAOJIE TUOLUOXIAOJIE TUOLUOXIAOJIE
TUOLUOXIAOJIE TUOLUOXIAOJIE TUOLUOXIAOJIE TUOLUOXIAOJIE TUOLUOXIAOJIE

¥ 3.20

关东煮的热汤

GUANDONGZHUDERETANG GUANDONGZHUDERETANG GUANDONGZHUDERETANG GUANDONGZHUDERETANG

¥ 4.30

哪吒公仔

NEZHAGONGZAI NEZHAGONGZAI NEZHAGONGZAI

¥ 5.10

福袋

FUDAI FUDAI FUDAI FUDAI FUDAI

¥ 6.00

透明雨伞

TUOMINGYUSAN TUOMINGYUSAN

¥ 6.80

CONVENIENCE STORE 2

鸡蛋还是盖浇饭

JIDANHAISHIGAIJIAOFAN JIDANHAISHIGAIJIAOFAN
JIDANHAISHIGAIJIAOFAN

¥ 8.10

鱼皮花生

YUPIHUASHENG YUPIHUASHENG YUPIHUASHENG

¥ 9.00

脆骨鸡丸串

CUIGUJIWANCHUAN CUIGUJIWANCHUAN CUIGUJIWANCHUAN CUIGUJIWANCHUAN

¥ 9.90

薄荷香烟

BOHEXIANGYAN BOHEXIANGYAN BOHEXIANGYAN
BOHEXIANGYAN BOHEXIANGYAN BOHEXIANGYAN BOHEXIANGYAN BOHEXIANGYAN

¥ 10.90

咖喱鸡肉饭

GALIJIROUFAN GALIJIROUFAN GALIJIROUFAN

¥ 11.80

口香糖

KOUXIANGTANG KOUXIANGTANG KOUXIANGTANG
KOUXIANGTANG KOUXIANGTANG KOUXIANGTANG KOUXIANGTANG KOUXIANGTANG

¥ 12.60

奶啤

NAIPI NAIPI NAIPI NAIPI NAIPI
NAIPI NAIPI NAIPI NAIPI NAIPI NAIPI NAIPI NAIPI NAIPI NAIPI

¥ 13.30

CONVENIENCE STORE 3

葱油拌面

CONGYOUBANMIAN CONGYOUBANMIAN
CONGYOUBANMIAN CONGYOUBANMIAN CONGYOUBANMIAN

¥ 14.50

榨菜

ZHACAI ZHACAI ZHACAI ZHACAI ZHACAI

¥ 15.30

微波炉面

WEIBOLUMIAN WEIBOLUMIAN WEIBOLUMIAN
WEIBOLUMIAN WEIBOLUMIAN WEIBOLUMIAN WEIBOLUMIAN WEIBOLUMIAN WEIBOLUMIAN

¥ 16.20

起泡酒

QIPAOJIU QIPAOJIU QIPAOJIU QIPAOJIU
QIPAOJIU QIPAOJIU QIPAOJIU QIPAOJIU QIPAOJIU QIPAOJIU QIPAOJIU QIPAOJIU

¥ 17.00

魔芋丝

MOYUSI MOYUSI MOYUSI MOYUSI MOYUSI

¥ 17.80

巧克力慕斯

QIAOKELIMUSI QIAOKELIMUSI
QIAOKELIMUSI QIAOKELIMUSI QIAOKELIMUSI QIAOKELIMUSI QIAOKELIMUSI QIAOKELIMUSI

¥ 18.40

拿铁咖啡

NATIEKAFEI NATIEKAFEI NATIEKAFEI
NATIEKAFEI NATIEKAFEI NATIEKAFEI NATIEKAFEI NATIEKAFEI

¥ 19.30

CONVENIENCE STORE 4

热奶茶

RENAICHA RENAICHA RENAICHA
RENAICHA RENAICHA RENAICHA RENAICHA RENAICHA RENAICHA

¥ 20.30

黄金琵琶腿

HUANGJINPIPATUI HUANGJINPIPATUI HUANGJINPIPATUI

¥ 21.20

无糖可乐

WUTANGKELE WUTANGKELE WUTANGKELE WUTANGKELE

¥ 21.90

鱼子丸

YUZIWAN YUZIWAN YUZIWAN YUZIWAN
YUZIWAN YUZIWAN YUZIWAN YUZIWAN YUZIWAN YUZIWAN YUZIWAN YUZIWAN

¥ 22.50

黄桃罐头

HUANGTAOGUANTOU HUANGTAOGUANTOU HUANGTAOGUANTOU

¥ 23.10

糯米糍

NUOMICI NUOMICI NUOMICI
NUOMICI NUOMICI NUOMICI NUOMICI NUOMICI NUOMICI NUOMICI NUOMICI NUOMICI

¥ 23.80

无花果干和新年蛋糕

WUHUAGUOGANHEXINNIANDANGAO
WUHUAGUOGANHEXINNIANDANGAO WUHUAGUOGANHEXINNIANDANGAO

¥ 24.40

“

CONVENIENCE

过期盒饭　　¥ 1.70

总有那么一些人，很喜欢逛超市。他们的年龄已经不允许他们去玩儿童区的玩具，但也没大到在蔬菜区挨个扒特价菜的菜叶子，好让自己买点物美价廉的东西。他们只是喜欢逛，漫无目的，然后看货架上琳琅满目的货品，数着它们。

24 -HOUR

#01号便利店

CONVENIENCE STORE 1

978-7-5594-5068-5

YE BAN BIAN LI DIAN

/

夜班便利店

YE BAN BIAN LI DIAN

/

THE FIRST CHAPTER

过期盒饭

CONVENIENCE

2020.xx.xx

978-7-5594-5068-5

欢迎光临！

¥ 1.70

单品价格

总有那么一些人，很喜欢逛超市。他们的年龄已经不允许他们去玩儿童区的玩具，但也没大到在蔬菜区挨个扒特价菜的菜叶子，好让自己买点物美价廉的东西。他们只是喜欢逛，漫无目的，然后看货架上琳琅满目的货品，数着它们。

超市里的员工以为他们是经理派下来的监工，或者是某个品牌的暗访员，看他们有没有卖力推销自家的东西，甚至以为他们是偷东西的，因为他们不买，只是一圈又一圈地看。

他们并不是偷东西的，只是喜欢看。但我知道，他们中有很多人不再喜欢在超市里逛了，那里要么人太多太吵，要么人太少太冷。人来人往带起的风，让每排货架中间显得分外空旷。

他们中的大部分人都去了便利店。那里很小，就算使劲摔门也刮不起风，存得住温暖。进去的人会发现，里面琳琅满目，不比超市差。便利店知道自己小，所以尽量用最小的空间，摆上最丰富的商品。

最棒的是，它还分担了一部分餐饮店的功能，卖各种新鲜出炉的食物。在里面逛的时候，鼻子还能闻到香味，这种感觉实在太美。

如果说超市是商品的宫殿，那便利店就是商品的家了。更赞的是，即使小，便利店也给进来的人留足了空间。要是有个微型吧台，就再好不过了，客人们可以在那里打发时间。一边吃一边悠闲地打量四周，这种感觉，超市可给不了。

这里就有这么一家便利店，国际连锁，店里弄得井然有序，货架上的商品多是普通小店见不到的，吸引了很多人往来其中。本来店铺紧邻商圈，生意兴隆，在总公司那里月月是销售冠军。但是城市重新规划之后，商圈人气往外偏移了一点，这里就成了边缘地带，业绩不好不坏。

但是它的业绩如何，跟我们这个故事没有太大关系。白天的便利店总是熙熙攘攘，到了晚上，一切归于平静。便利店是二十四小时营业，夜里的营业时间占了很大一部分。这家店之所以还没撤，就是因为晚上的业绩还不错，依然有人愿意来这里闲逛，或填饱自己，或打发时间。

我们的故事，就从晚上开始。

晚上的便利店，并不像别人想象的那样，就是店员倚着柜台打瞌睡。实际上，有很多工作，包括最重要的两件事：给店里补货、整理临期的食品，都要在夜里进行。

因为主打便利，店里卖的餐品大多是冷藏品。顾客从冷柜里选好，在微波炉里加热一下就可以吃。咖喱鸡肉饭、黑椒牛肉饭、鳗鱼饭，以及各种拌面，都是这样。甚至有不需要加热的饭团、寿司等，冷着吃更加美味。

除此之外，在店里还能吃到热气腾腾的炒菜，这是便利店的特别之处。店里不能起明火，这些炒菜都是中央厨房做出的半成品，统一配送到店里之后，略微烹制一下，加上特制的汤汁，两份菜，配上米饭，就成了店里的畅销品。到了饭点，这些盒饭便是顾客们追捧的“明星”。

但是过了吃饭的时间，剩下的菜就过了气，只能打折处理。实在处理不了，到了半夜就要扔掉，不能留到第二天。

一般店长都会控制数量，不让它超出太多，不然对店里也是损失。这家店的夜班店长更是厉害，每次都拿捏得恰到好处，在进货的时候就控制住了。但是天意难测，难免会有剩下的，等待店长处置。

店长在这家店做夜班做了很多年，没人比他资历更深。他大概刚建店的时候就在了，也有可能公司刚进入这个城市的时候就在，谁也说不清。店长外表看起来有些憨厚，身材圆滚滚的像只熊猫。他对处理盒饭这件事，从来都是讳莫如深。

店长对这些临期食品，处理起来总是毫不容情。直到有一天，店里的常客欢哥看见了，说：“哎！这些菜好着呢，扔它干吗？给我给我。”然后他一人吃掉了三份菜、两盒米饭。

从那以后，欢哥总在半夜前后来店里，巴巴地等着盒饭到期，甚至把自己用夜班餐的时间也挪到了店里整理食品的时候。

欢哥吃得开心，毕竟不花钱，菜品又多。夜班里另一位主力店员小苗却很不开心。小苗刚进店工作没多长时间，被公司派到这家店上夜班，协助店长。她心里喜滋滋的，刚从大学毕业时，她就想着到大城市，到某家大公司工作。她所说的大公司，不是那些名气很大，但公司里面乌七八糟，连五常法则都搞不好的公司。这家便利店从总部到店铺，都透着一丝不苟的整洁，让她很舒坦。也许是自己有强迫症吧，小苗也没多想。

但是欢哥让小苗很不舒坦。说到井井有条，连店长都比不上小苗。废弃临期食品这件事，她执行得非常到位，一到时间，她就一路小跑着把“那些东西”（甚至都不愿提起名字）扔出去。恨不得多跑两个路口，扔到那边的垃圾箱里。

这才是大公司应该有的风范，决不让临期食品留在店里。小苗每次扔完，都会默默地叉腰站一会儿，好像在进行某种仪式。

欢哥蹭临期盒饭的行为，让小苗很不舒坦。更让她不舒坦的是，店长好像默许了这种行为。这哪里像一个大公司的店长，操作手册都不遵守的吗？

“临期食品应该在规定时间，按照规定方法进行废弃。”小苗曾在店长面前大声念操作手册，希望能引起他的重视。

“扔到肚子里，不也是废弃的一种吗？”小苗念的时候，店长正坐在店门口抽烟。

小苗对于店长这种模糊的处置方式很不满，但她不能坐视不理。每当她发现有临期盒饭，总是偷偷自行处置，然后给店长签字验收。她要捍卫大公司的风范。

在她看来，临期的盒饭是店长特意为欢哥留的。但奇怪的是，店长发现盒饭被处理掉之后，表情并没有什么变化。小苗感觉店长处在一个灰色地带，态度模棱两可。

“哎呀，抱歉，今天盒饭没剩下，来点别的吧。”店长总是这么安慰失望的欢哥。

每到这时候，小苗就一脸胜利地看着欢哥，希望他从此打消蹭盒饭的念头。

但她发现自己太年轻了，欢哥就是欢哥，他居然把时间提前了，在她还没废弃那些盒饭之前就来了，盯着剩下的部分，一旦发现它们有卖不出去的迹象，就死皮赖脸地预订下来。

更过分的是，欢哥不光自己吃，还带了一个小伙子一起。小苗本以为是他儿子，结果某天一打听，才知道只是他的某一位乘客。再往深处打听，那小伙子居然是对手店铺的店员，住在这附近，偶然听到这里有临期盒饭吃，就跟着欢哥过来了。

“再这么下去，我们店就变福利站了，名气都传到‘那家店’去了。”小苗再次跟店长抱怨。

店长还是模棱两可的态度，只不过在欢哥他们吃饭时，推介其他商品的频率高了一些。欢哥偶尔买些其他东西下饭，那个小伙子却只吃临期的盒饭，听到店长推介，低着头不吭声。

居然还白吃白喝？小苗的埋怨立刻从欢哥身上转移到小伙子身上了。她甚至怀疑小伙子是“那家店”派过来的卧底。虽然他看起来像高中没毕业的学生，样子有些生涩，但往往这样的人当卧底最成功。小苗暂时放下处理临期盒饭的执念，紧盯着他。

跟欢哥的荤素不忌不同，小伙子有明显的偏好，遇到土豆丝的时候，能多吃一份米饭。

“你吃米饭配土豆丝，这不就等于吃了两份主食吗？一点也不健康。”小苗忍不住嘲讽。

“都熬到这个点了，还要什么健康？”小伙子听见小苗说他，满脸通红，不敢回嘴，倒是欢哥跟着打哈哈。

虽然免费的东西好吃，但欢哥有时会剩下点饭菜，而小伙子则是无论多少，都会吃得一粒不剩。开始的时候，他停下筷子，偷偷看一眼欢哥剩下的饭菜。过了几天，他才小心翼翼地问欢哥还吃不吃，得到“不吃了”的回答之后，把剩下的饭菜弄到自己那里，又一扫而光。到后来，欢哥会主动多剩一些饭菜出来，小伙子也能吃完。到这时候，众人才明白，原来他以前是没吃饱，只不过不好意思说。

这种食量出来当卧底，怕是早就被人撵出去了。小苗冷眼看着，把卧底的标签从他身上摘掉了。

但小伙子并没有感觉很轻松，大概是对于蹭饭这件事总是不能太放得下脸面。直到一个月后，大概是被欢哥的死皮赖脸影响了，他终于跟其他人聊得久一点了。

“吃不饱，”他一边扒拉着混着汤汁的米饭，一边说着简短的话，“我还在实习期，钱都用来交房租了。要是有点意外花销，吃饭的钱就更少了。白天还好，到了晚上我都饿得睡不着。那次坐欢哥的车，听他说这里有饭吃，就……”他谨慎地咽着米饭，后面那几个词还是没好意思说出来。

店长坐在门口，默默听着。小苗是准备找点破绽说上几句的，听完之后，又感觉挺没意思，扭头回到店铺办公室，默默计算卡里的余额，看交完房租还剩多少。

比起欢哥，小伙子到底是脸皮薄。没有到期盒饭的时候，他都怯生生的，会赶快离开，不好意思在这里多待。这种时候还不少，毕竟店长对拿捏菜品数量很熟练，剩菜的时候不多。

但是那次长谈之后，小伙子来的次数就多了，因为有临期盒饭的次数也多了。而且总是剩得不多，别的店一剩就剩一锅半锅的，这里只剩一份两份，刚够小伙子吃。店长解释说最近天热，客人买得少。旁边小苗一脸看破真相的表情。

这种情况持续了不到半个月。某天晚上，小伙子到了店里，没了那种期待的表情，反倒十分失落，连吃饭都没胃口。

“我们店关门了。”过了很久，他才说出原因，“刚刚才告诉我们。”

“哦，你要调到哪个店去啊？”小苗的心里忽然有点高兴，总算请出去一个瘟神。

“没法调，其他店也关门了。”小伙子搓着筷子，一脸茫然，“所有的店都关了，连我们店长也不知道为啥。”

店里头三个人面面相觑，努力消化这个消息。

“是你们公司出什么事了吗？好歹也提前给你们安排一下啊。”小苗忽然有点愤慨。

“不知道。”小伙子头摇得停不下来，“我们店长说，公司领导就跟他们说了一句话，公司不行了，你们各顾各的吧。”

“那店里的货怎么办？不要了？”欢哥插了一句。

“不要了，货锁在店里，人锁在外面。”小伙子扒拉着饭菜，“我们就跟过了期的盒饭似的，用得着的时候用着，用不着了，过了今天晚上，都给扔了。”

小苗叉着腰，在店里漫无目的地走了一圈。店长还在外面抽烟，对着外面那些陷入黑暗中的灯。店里忽然陷入寂静，没人说话，只有小苗的脚步声。

终于，小苗结束了转圈，把手从腰上放了下来，转身从柜台上重新拿了一双筷子，放在小伙子面前。

“先吃饭，明天的事明天再说。”

小伙子愣了一下，大概没见过小苗这种状态，过了很久才接过筷子，眼圈开始泛红。

小苗又觉得没意思了，转身躲到柜台后面，重新理了一遍那些耗材。

店长抽完烟，走到冷柜旁，找出一个即将到期的饭团，跟小苗摆了个“放过我”的手势，把饭团放到小伙子面前。

“加个餐，”他揉揉有点泛黑的眼圈，“就算到了期，盒饭还是能填饱肚子。人比盒饭用处还多，这里过期了，还有那里，总有地方能用得上你。”

“对对对，快吃饭。”欢哥给他买了一瓶饮料，“要不把他安排在你们店里呗？”

他自以为找到了好办法。

店长没吱声，钻进了办公室。小苗过去瞅了一眼，店长不知道在跟谁打电话。

到了第二天，“那家店”连夜闭店的消息，整个城市都知道了。好在其他品牌的连锁店及时发出通知，接纳他们遣散的员工。所以到了晚上，小伙子喜滋滋地来了店里，他成了小苗他们的同事，被安排在城市另一边的店铺。

小苗亲自给他盛饭，塞得满满的。今天的菜剩的种类不少，可以凑个宴席了。小伙子连话都没时间说，一直在吃。

吃完饭，小伙子走出店门，即将融入街边的黑暗里。

“到了那边，记住了，过期的食品绝对不能留在店里！”小苗忍不住冲出去，冲他的背影喊了一句。

小伙子听到了。但是小苗从那天起，反而会特意把临期盒饭多留一点时间。

THE FIRST CHAPTER

小雪人

CONVENIENCE

2020.xx.xx

978-7-5594-5068-5

欢迎光临!

¥ 2.60

单品价格

有些人，就算夏天过了，也是要吃雪糕的。

大概是喜欢那种咬一口，嘴里瞬间冰到麻木，雪糕在口腔里稍微融化后的美妙的口感。秋冬两季吃雪糕，就是为了这种特殊的感觉。

小苗不是很能理解这种癖好，她只觉得冷。每年一过处暑，她就得忍着别人看傻子一眼的目光，备上长袖，早晚时候把自己裹起来。冷暖是件很私人的事，别人理解不了，她经常这么安慰自己。

然后她发现这话是真理，不仅适合自己，还适合店长。店长是跟她相反的人，恨不得一年四季都穿半截袖。夏天店里开足冷气的时候，小苗恨不得要抱着关东煮的锅取暖，店长却在冒汗。有时她靠他太近，甚至觉得他像个火炉一样，向外不停地散热。

这就是超能力吧？小苗每次被店长热到，心里都会嘀咕。

这种超能力到了秋冬季就是种福利了。夏天刚过，冷气已经关了，开暖气还太早，但小苗已经感觉冷了，到了半夜，穿长袖也没用。跟大部分女孩子一样，她感觉冷是从身体里发出来的。

这时候小苗就喜欢往店长身边凑，一个天然大火炉啊，她几乎能听到热量散发的声音，大约是那种嗞嗞的声音，伴着温度，把她周围都烘热了。

这种熊猫体格的人，大概是天生的暖宝宝。小苗有种扑到店长身上的冲动，把他当自己专属的熊猫玩偶，贪婪地吸取热量。

但她又敬而远之了，因为店长有个在她看来不太好的习惯，那就是爱吃雪糕。入了秋，甚至入了冬，他也停不下来。

店长并不是所有的雪糕都吃，他只吃一种——小雪人。这款雪糕在小苗记事之前，是流行单品，几乎每个孩子放了学都要在小卖部门口买上一个，然后结伴舔着回家。小苗记事时，市面上的雪糕五花八门，小雪人已经没了位置，很多人以为工厂倒了或者什么的，没想到还能活到今天。

店长大概对小雪人情有独钟，平时吃饭的时候狼吞虎咽，吃小雪人时却慢条斯理，每一口都细细品味，甚至最后的雪糕棍也要仔细嘬一下。他虽然每天都要吃一根，但还是像很多年没吃过似的。

夏天过后，雪糕的销量瞬间降了下来，店里也减少了订货量。但即使在秋冬季，雪糕的销量还是可观的。尤其是小雪人，销量一直排在雪糕类前三位。因为像店长这样冬天吃雪糕的，大有人在。

店里就有这样一个客人，每次来，不论买什么东西，末了都会加一只小雪人，然后坐在饮食区，慢条斯理地吃着。

那人来的次数多了，小苗免不了多看几眼。这样的人，难免不被人注意。他瘦得过分，几乎要皮包骨头，但这不影响他的气质。他始终穿着得体，戴一副黑框眼镜，显得温文尔雅，像个大学教授。

这并不是小苗过多关注他的原因。关键是，他身上似乎散发着跟小雪人一样的气场，让人感觉冷。

还并不是阴冷。他给人的感觉，像一棵在深秋里掉光了叶子的树，虽然沐浴着阳光，但还是给人传达着冬天要来了的讯息。

这么冷就不要吃雪糕了吧？小苗心里犯嘀咕。她受不了这种冷，甚至不敢靠近他坐的区域，不得不过去时就屏住呼吸，一溜小跑。她有一次没忍住，吸了口气，感觉五脏六腑差点被冻僵，回来哆嗦了半天，在店长身边烤了很久才缓过来。

大概是因为关注得多，小苗竟然觉得他有点眼熟，但到底在哪里见过，又想不起来。谁要认识那种人啊！想起那种冷气，小苗也就不纠结了。

但他还是很吸引小苗的眼球，除了他跟店长一样，吃完小雪人之后，要再嘬一下雪糕棍这个习惯。最不可思议的是，他还有个癖好，吃完后，要拿出一张纸巾，把雪糕棍仔细擦干，然后从口袋里拿出个笔袋。小苗以为他要在上面写什么东西，结果等他将笔袋里的东西倒出来，竟然是一堆雪糕棍。

竟然收藏这个？小苗都震惊了。看着他把新的雪糕棍放进那一堆雪糕棍里，一些雪糕棍干裂得像他自己，小苗感觉更冷了。

最严重的是，今天店长居然也坐在那边，嘬着小雪人。一胖一瘦两个人，虽然不同桌，也不搭话，但是那种冷的气氛忽然就增强了，好像店长瞬间被他传染了。

完蛋了，小苗心里悲号，以后店里要变冷库了。

她瞪着欢哥，欢哥正坐在旁边扒拉着饭，似乎一点也没感受到这种气氛。终于，欢哥被她的眼神影响，莫名其妙地看向那两个嘬小雪人的人。

“我不爱吃那个，太腻。”欢哥满脸堆笑，“要不你请我喝个冰红茶吧？”

小苗没搭理他，这店里，连个同类都找不到了。

这时候那个客人已经吃完了，开始摆弄收藏品。小苗精神一振，以为他要走了，结果他摆弄完，又把所有雪糕棍摊在桌上，从里面拿出几根，也没看清他是怎么动作的，就把它们编在了一起。

紧接着，他跟熟练的纺织女工似的，双手不停，把剩下的收藏品一根根编了上去。等到小苗看清楚的时候，他已经完工了。二十几根雪糕棍，编成了一个蒲扇形状的东西。圆满收工，他甚至拿起来扇了几下，看样子十分满意。

然而小苗觉得更冷了，迈着小碎步离远了些。

“蔡兴蔡老师？”店长看着那客人编完，忽然来了这么一句。

那客人很惊讶，好像没想到会有人认出自己。旁边的欢哥也是一脸疑惑兼惊喜，不顾礼貌地凑过去打量。

小苗脑子里灵光闪现。怪不得觉得他眼熟，原来是在以前的电影里见过。

在十几年前，蔡兴这个名字算是火遍大江南北。他长相英俊端正，气质风雅，演技更是在影视圈数一数二，因此很受观众喜欢。

当年他不到四十岁，加上天生脸小，一直被当作小生演员来用。后来他决定突破自己，开始增重，改变形象。他虽然错过了很多片约，但开始受到奖项的青睐，成了当之无愧的一线明星。

但是，他现在的改变也太大了。要不是店长提醒，小苗根本想象不到，眼前这个枯树一样的人，竟然跟那个略有些发福的明星是一个人。

大概是吃雪糕吃的。小苗忽然有点担心，怕店长以后也会变成这样。

“生了场病，还好有那一身肉顶着。”他第一次开口，气氛立刻变了，从枯树变成了欣欣向荣，毕竟这么多年的演艺功底在，“以前老说减肥，总也减不下来，这回可是如愿以偿了。”

“最近几年您怎么不出来了啊？”欢哥几乎要热泪盈眶。

“不行啦。”蔡兴摆手，“我们这些人不吃香了，现在都要俊男美女，要流量。我现在连肉都挂不住，更别说挂流量了。”

“以前那个时候，好东西真多呀。现在这些，什么玩意啊！”欢哥非常不忿。

“现在有好多综艺节目，比演戏的，蔡老师您也可以上，肯定比他们那些人厉害。”小苗终于敢凑过去了。

“不去了。”蔡兴看着手里的“蒲扇”，“我以前总觉得娱乐圈没了我不行，后来明白了。娱乐是什么呀？就是这个小雪人。观众吃的时候觉得真好，没了小雪人不行；等到吃完了，他们会去找下一个。那时候他们也觉得好，但有些东西他们总得丢下。”

他举起“蒲扇”：“就像这些雪糕棍。雪糕靠它撑起来，好像它很重要。但吃完了，它就过时了。我们这些人，就是这个雪糕棍。”

那天以后，蔡兴老师就很少来了，也许他已经完成了自己的作品。也许天实在是太冷了。除了店长这种人，没人能天天吃雪糕。

但是店长竟然也吃得少了，从一天一根，降到一周一根，店里小雪人的销量顿时下降不少。小苗暗暗松口气，店长大概不会变成蔡兴老师那样了。

欢哥倒是开始培养吃小雪人的爱好，大概是为了模仿偶像。不过他只培养了一次就放弃了，因为他刚吃了半根就开始闹肚子，店里离厕所很远，让他吃了不少苦头。吃上面模仿不来，他只好转向收藏，让店长帮他收集雪糕棍。他笨手笨脚地编了些小东西，想着哪天蔡兴老师再来，能给他签个名。

小苗在盘点到冷柜的时候，总会想起那些雪糕棍。她有一次拿了一下小雪人，冰凉的，只有雪糕棍的地方还能让她感觉到温暖。

THE FIRST CHAPTER

陀螺小姐

CONVENIENCE

2020.xx.xx

978-7-5594-5068-5

欢迎光临！

¥ 3.20

单品价格

店里做促销活动了！

每个进便利店的人，都会怀疑自己是不是忘了什么节日。因为他们总能看见某种商品在促销，第二件五折，两瓶十五元，××× 八折促销，买盒饭加一元送饮料什么的。

他们也记不清那么多节日，但是眼前的东西是否便宜还是能分清的，暗暗算了一下，觉得简直是大出血式的便宜，大多数人异常开心，掏钱买了比平常更多的东西。

便利店不过节，促销的时候就是最大的节日。新品上架了，促销活动走一波；节假日人流量多了，促销活动走一波；运营部业绩不够了，促销活动走个七八波。

促销活动花样繁多，但总的来说就那么几个套路。但有了促销活动，店里立刻热闹起来，不光是商品架上贴上五颜六色的促销通告，店员还要在客人进店，甚至付款的时候，大声吆喝，让他们知道今天有促销活动。

小苗很喜欢这种方式，收银的时候问上一句“今天有促销活动哦，加一元换购”，然后就看人们不同的状态，有人爽快，有人犹豫；有人爽快地拒绝，有人爽快地买了；有人犹豫着拒绝，也有人犹豫着买了。

小苗觉得自己像那个爱问问题的斯芬克斯，有种玩弄人心的快感。玩弄人心的人，终究被人玩弄。小苗害怕遇到那种人，抓住话头问东问西，似乎非要问出店里从商品里赚了几分利。不管他买不买东西，小苗总是很讨厌。

店长遇到这种人却能心平气和，不管对方买不买，脸上总挂着职业性微笑，虽然在小苗看来，那更像熊猫眼自带的喜感。客人问东问西，店长那张大脸上似乎只写着一句“哎哟，抱歉，无可奉告”。

十个店长九个胖，因为店里好吃的太多了。但小苗觉得眼前这个店长，大概是心态太好，自己吃空气胖起来的。

说得远了，这个月的促销活动格外多，主打的促销活动更厉害，要做整整一个月——买冷藏面食，送店里最近卖得很火的指尖陀螺。

活动之所以有这么大的力度，是因为公司新研发了一款葱油面。做好的面条放到盒饭里，冷藏，再配上一包熬好的葱油，加点配菜。想吃的时候，把葱油和配菜放到面里，加热两分钟，再疯狂搅拌，一份热气腾腾、葱油飘香的葱油面就完成了。

公司对这款面非常重视，所以把它跟其他面食捆绑在一起促销。盒子上贴上促销标签，每买一份面，可以收集一张标签。等攒够三十张，就能换一个指尖陀螺。

小苗很想要一个指尖陀螺，做促销活动的陀螺是店里的限量款，转的时候会亮起来，出现各种漂亮的图案。她一向无法抗拒这种东西。

但是她对面食很抗拒，不能理解世界上为什么会有人爱吃面。这种不理解源自小时候，有段时间爸爸掌握家务，厨艺十分不好，几乎天天下挂面糊弄她。从那以后她见了面条就心生厌恶。

最想要的东西跟最恨的东西凑在一起，让人难以取舍。小苗有办法，她发动店里其他人买面食，然后用尽办法跟他们要那个标签，或者买或者苦苦哀求。

店长那里不用她费心，他吃完之后，都会默默地把标签递给小苗。虽然他吃面食的时候不多，但也是雪中送炭。毕竟那个陀螺卖价要两百多，换算下来，一张标签价值七块多呢。

但她动员欢哥的时候，遭遇了人生最大的挫折。

欢哥油盐不进："我不爱吃面条，在家里天天吃挂面，都吃到吐了。"忽然他又诡秘地凑过来，一副要面授机宜的样子，"你呀，太笨。关键不在吃面，在那张标签啊。去你们总部找负责的人，他那里的标签多的是。问他要，保准不止三十张。"

欢哥凑过来的时候，小苗就知道他没什么好主意，便没搭理他，转头又去求爷爷告奶奶。

可惜的是，大概是葱油面太过好吃，或者陀螺太过抢手，等到上夜班的时候，面食已经没有了。半夜上新的时候，店里的人又太少，敞开吃也吃不了很多。所以小苗的搜集之路异常艰难，跟白班的员工求了好几次，也没拿到几张。这是她唯一一次讨厌上夜班的时候。

再有六天，这个促销月就过了，小苗只收集了十五张，换指尖陀螺远远不够。夏天马上就结束了，冷藏面食很快进入淡季，公司估计也不会再办类似的促销活动。小苗盘完货，又数了一下手里的标签，有些不开心。

一旦你开始失落，命运就会开始在你面前显摆。店门口传来吵闹的声音，小苗出去一看，几个小孩借着门口的灯光，在那里大声尖叫着。他们围着的那个孩子，玩的是小苗梦寐以求的限量款指尖陀螺。小孩手上的陀螺散发着诱人的光芒。

小苗眼睛看得发直，小孩虽然吵，但拿着陀螺的那个孩子，在她眼里跟善财童子一样可爱。

这种可爱没坚持很久，那孩子托了一会儿陀螺，就把陀螺当飞盘一样撇了出去，嘴里喊着："飞出去再回来！"

陀螺不是如意，没能随他心意，直接砸在墙上，火星子都冒出来了。

"喂，不许那么玩！"小苗心疼得要命。

孩子们没理她，又有恃无恐地重新玩"飞出去再回来"的游戏，叽叽喳喳的音量又提高了。

"喂，不许在这儿吵，要玩去一边玩。"小苗更不忿了。

拿陀螺的孩子变本加厉，反过来说小苗，大意是陀螺是他爸爸买的，他想怎么玩就怎么玩，让小苗不要多管闲事，末了还加上一句“老阿姨”。

这下把小苗气得鼻歪眼斜，又不好把他们怎么样。孩子们仿佛知道这句话的威力，注意力从陀螺转到“老阿姨”这句话上，围着小苗翻来覆去地说。

“你们几个说什么呢！信不信我打你们？”

凶狠的声音把小苗都吓了一跳，那几个小孩瞬间作鸟兽散，留下小苗，心怦怦乱跳。刚才那一声是从旁边的黑暗里发出来的，见不到人的话，还真是很吓人。

声音的主人倒没有那么恐怖，反而还很秀丽。说话的是位女士，哪怕是半夜出来买点东西，还打扮得一丝不苟，只是刚刚吼了那一句，脸上还有点怨气未消。

这点怨气在她看到店里有促销活动的时候消失了。看来这个限量款的指尖陀螺很受欢迎。她当即决定，要在促销活动结束之前，搜集到三十张。

小苗小心翼翼地提醒，促销只剩六天了，怎么弄也凑不齐的。那位女士却当耳旁风。

欢哥在旁边挤眉弄眼，等到那位女士转到其他地方时，他又凑过来：“管那么多干吗？这种漂亮姑娘，挥挥手就能集齐。”

怎么集齐？小苗觉得欢哥又在想馊主意。欢哥一脸“你看着吧”的表情。

过了一会，他的表情就僵了，因为那位女士直接包圆了剩下的两盒面，又预订了半夜到货的三盒，让送到自己家，然后很开心地走了。

“可能是今天家里来客人了，明天就得打电话，让那些追求她的人过来买。”欢哥还在打包票，顺便敲打小苗，“跟着学学。”

店长半夜去送了面，回来打破了欢哥的猜测：“是独居，没有客人。”

欢哥脸上挂不住，又猜测那女的是大胃王，做吃饭直播的。不管他怎么猜，那位女士终究是一下收走了五张标签。而且在第二天白天又买了三盒面，这是上白班的同事描述的，他们对于那位女士的作风啧啧称奇。

大概是觉得店里气氛不错，第二天晚上，那位女士又买了一盒葱油面、一盒燃面，在店里吃。这时候欢哥才发现，原来她真的是自己吃，没有请外援。

她吃饭很慢，一次只吃一小口，虽然吃的是面，但嘴里一直没停，始终在嚼。那种锲而不舍的精神，让人相信虽然她看起来瘦小，但真的能把两盒面全吃完。

果然，她真的吃完了。虽然用的时间特别长。她吃完最后一口面的时候，似乎整个店的人都在为她欢呼，小苗也忍不住攥紧拳头，见证这奇迹般的胜利。

她再次来的时候，已经备受瞩目了，小苗简直要把她当偶像。这可是两天就集了十张标签的人，六天三十张，她一定可以的。

这次他们终于给她起了名字——“陀螺小姐”。这样的执着，完全可以当代号了。

不光起代号，他们还目不转睛地看着她吃面。“陀螺小姐”吃面时，眼睛总时不时地打量四周，似乎周围的东西比嘴里的面还要吸引人。这给小苗他们带来一点小尴尬，他们时不时地要移开目光，感觉自己在偷窥。

欢哥终于忍不住上去搭讪，对于他这种中年男人加出租车司机，遇到好看的女孩子总要忍不住聊两句，显示一下自己的学问。用欢哥的话说，这叫热情的服务精神。但在小苗看来，不过是好色之徒的狡辩。

没过几分钟，号称上知天文下知地理的欢哥回来了，脸上的表情不咸不淡。

大概是狐狸尾巴露出来，被“陀螺小姐”指责了，小苗心想。她有心想过去，表达一下歉意，说明欢哥不代表店里的形象。

“聊不起，聊不起。”欢哥赶紧劝她，“倒不是她带刺，说不上是什么感觉，就是让人不舒服。”

小苗没理会，心里已经把他跟不务正业的人画等号了。但她还没过去，就被店长叫去盘点，没能跟自己的偶像聊上几句。

第四天晚上，小苗算着“陀螺小姐”该来收集第二十张标签了，“陀螺小姐”却迟到了，脸上带着第一天来时的怨气。

小苗逮着机会凑近慰问时，“陀螺小姐”终于开口。原来她今天去相亲了，她不太想去，被逼着不得不去，最后实在忍不下去，就把对方嘲讽了一通，自己跑回来了。

她像倒豆子一样倾诉，倒让小苗不知道该怎么接，但“陀螺小姐”似乎没想让她接话，话题自动转到了集标签上。她在犹豫自己要不要买面，因为相亲时吃了一些饭，现在已经吃不动了，但是不吃又完不成计划。

“那个，可以不吃，只收集标签的。”小苗有点违背自己的饮食原则，但她很希望看“陀螺小姐”收集齐，毕竟她已经收集了十五张，那可是自己半个月才完成的巨大工程量。

但“陀螺小姐”依旧在犹豫，这次重心放在了浪费还是不浪费上。她犹豫的时间竟然跟她吃饭的时间一样长。

最后“陀螺小姐”还是走了，因为实在犹豫到太晚了。到了第五天，她干脆放弃了买面，因为前一天的量累积到今天，已经成了无法完成的工作量。

小苗忽然着急了，怎么办？眼看着就要大功告成，怎么能功亏一篑？她有心鼓励“陀螺小姐”拼上一拼，实在不行自己帮她吃。

“陀螺小姐”却提不起斗志，因为她开始胃疼了。倒不是因为吃得太多，而是错过了计划，又着急，不知道怎么开始。

终于勉强自己吃了一盒，“陀螺小姐”的脸色又不太好了，走出店门后，甚至干呕了几下，把小苗吓得够呛。

店长把小苗训了一顿，本来是做促销活动，怎么现在弄得像强买强卖？店长严令她不许再干涉客人的选择。

小苗觉得委屈，消停了一段时间，不多于一天。因为第六天的时候，“陀螺小姐”又来了，还是一脸的怨气。

欢哥看见她来，把筷子一扔，吃剩的盒饭也忘了收拾，就出门开车去了。店长在办公室订货，店里就剩小苗一个。

“陀螺小姐”看着冷柜里的面，徘徊再三。小苗在旁边算了一下，今天是最后一天，“陀螺小姐”前几天落下的数量，减去她昨天勉强吃的，还差十四盒。她不可能在今天完成计划。除非像欢哥说的那样，把追求者或者相亲对象召过来帮忙，但“陀螺小姐”好像不适合走那条路。

“陀螺小姐”徘徊了很久，终于走到用餐区，捂着肚子伏在桌上，背一抽一抽的，像在哭。

小苗终于看不下去了，把自己的标签拿了出来。她已经收集了二十八张，从里面抽出十五张，递到“陀螺小姐”面前。

“陀螺小姐”明显喜出望外，但犹豫着，不肯收这份礼物。小苗没等她拒绝便拆了一个指尖陀螺，塞在她手里。

“陀螺小姐”终于拿起了陀螺，抚摸再三，把它拈在指尖，拨弄几下，陀螺越转越快，终于爆发了图案。

“我五岁的时候，看到一个特别漂亮的陀螺，想让爸爸给我买。可是爸爸跟我说，家里最近生活很困难，让我懂事。我很懂事，可是也很想要陀螺。从那以后，做什么事之前，我都要在心里想好久，这个算不算不懂事，我想不想要，应不应该要。”

“陀螺小姐”的泪痕在陀螺的光芒中闪烁。她是个新手，但陀螺的质量很棒，自己在指尖平稳地转着。

“别人都说我很懂事，可没人知道，我就跟这个陀螺一样，转得很快，却永远在原地。我不知道该不该辞职，不知道该不该跟男孩子表白，不知道该不该老老实实地接受相亲。我太累了，可回头看看，连半步也没往前走。”

小苗不知道怎么安慰“陀螺小姐”，她一向看不得人哭，要不是店里要人看着，她也钻到办公室里去了。

“那就走出去吧。”搜刮了半天，她终于想出这一句。

“陀螺小姐”看着她，脸上的怨气和泪痕没了。

“那就走出去。”她点着头。

她站了起来，跌跌撞撞，像忍着肚痛，又像在踏着舞步，努力让指尖的陀螺保持平稳。她走到门口，面对外面包容着星星点点灯光的黑暗，用力甩了一下胳膊。

“飞出去吧。”她大声喊了一句，“别再回来了。”她又小声补充道。

小苗在黑暗中搜索着陀螺，希望它能再次爆出火光，但没有，它无声无息地消失在黑暗里。她转过头来，“陀螺小姐”也消失在黑暗里，好像从没来过。

“喂！”小苗冲着黑夜喊，带着剩下的那十三张标签的愤慨，“陀螺不许那么玩！”

过了大概三个月，欢哥带来“陀螺小姐”的消息。“陀螺小姐”叫了他的车，跟一个相貌温和的男人一起。据欢哥说，“陀螺小姐”也变得温和了。

“这就是爱情的力量。”欢哥断言。

“那是我的陀螺的力量。”小苗还在惦记那个陀螺，倒不是她小心眼，而是后来的两件事完全败坏了她对陀螺的兴趣。

她尝试了一下那款卖得最好的葱油面，本以为那么多年过去了，她可以改变口味。结果，还是很难吃。

然后，在促销活动过后几天，她狠了狠心，买了一个心心念念的陀螺。打开玩了没多久，就看见店长在办公室里，用食指顶着一本书，转得很开心。

“什么嘛！”小苗瞬间崩溃，十分想玩“飞出去再回来”。

THE FIRST CHAPTER

关东煮的热汤

CONVENIENCE

2020.xx.xx

978-7-5594-5068-5

欢迎光临！

¥ 4.30

单品价格

秋风起来的时候，一份热汤就很珍贵了。

今年的气温降得特别快，刚进十月，天气就飞快地冷了下来。前一天还穿夏装，今天就要穿冬装了。懂得看天的人出门前就裹得紧紧的，莽撞的人就只能把自己紧紧搂住，不然冷风会很快钻进身体里。

温度突变的时候，能跟冷风抗衡的，一个是温暖的屋子，另一个，就是热热的汤了。这两个，便利店恰好都有。所以这几天客流量格外可观。

便利店的热汤不单卖，而是买关东煮的福利。关东煮在不同的店叫不同的名字，在这家店就叫关东煮。店里卖的关东煮分杯装和碗装，客人买时小苗要问一句要哪一种。杯装是买小份用的，用的是一次性的塑料杯。碗装的碗跟装盒饭的盒饭一样，四四方方，可以装很多。

客人们买了关东煮，小苗也会问一句“需要汤吗”，然后把热腾腾的汤加到里面，裹着关东煮。这种天气，这句话就可以不问了，因为每个人都想喝口热汤，关东煮反倒成了附属品。

甚至有人冲进店里，要碗装，但只要少少的关东煮，要一大碗汤，然后就着那点关东煮，慢条斯理地把汤喝完，然后脸上出现那种万物复苏的表情。这就可以断定，他一定是在外面冻坏了。

小苗很早就能感受到这种冷。一是因为她怕冷的体质，另外则是因为她每天上下班的方式。她的住处离店不远不近，走路距离远，坐公交车又绕远儿，权衡再三只好选择骑自行车。好在现在共享单车遍地都有，出门骑上车，十几分钟就到，方便得很。

唯一不方便的，就是天气不友好。尤其在这个时候，冷风往领口袖口里钻，没过几分钟，身体就冷透了，只能靠猛蹬自行车来维持热量。

这种热量救不了小苗，她感觉自己就像一根长了腿的冰棍。到店之后，她用尽最后一丝力气打完卡，然后等着店里的温度把自己融化。

“再这样下去，不用等到冬天，我就变成小雪人了。”小苗对未来很绝望。

店长救了她，用给她加工作的方式。他把店里一项很温暖的技术交给了小苗——给关东煮锅里加汤。

给关东煮加汤绝对是一项技术活，毫不夸张。关东煮，关键在煮。那些食材，海带卷、紫菜包、白菜卷、章鱼丸、鸡蛋糕、牛肉丸等，只有在汤里煮过，才能发挥出它们最好的味道。

汤不是普通的汤。路边小摊上的关东煮，用的是白水，煮出来的食材需要蘸着麻酱才能吃。店里的关东煮是可以直接入口的，汤很重要。一般家常的做法是用鲣鱼熬出高汤，再配上昆布（海带的一种）、白萝卜等食材熬制出的汤汁。

店里的汤没有那么麻烦，都是中央厨房统一熬制，做成浓缩汤汁，到店里用水化开，变成关东煮的汤。

汤是消耗品，不光顾客购买的时候消耗，在煮食材或者煮好之后保温的过程中，水分会一直蒸发，导致汤汁变少。加汤的时候，要判断汤是因为蒸发消耗，还是因为售卖消耗。这两者有差异，蒸发消耗会导致剩下的汤汁偏咸，所以调浓缩汤汁时，就要多加一点水，中和咸味。售卖消耗就简单了，按照原比例调配就好。

所以说这是门技术活，加汤的手法，直接关系到关东煮的口味。店长把这门技术活交给小苗时，千叮万嘱。

说这是很温暖的技术，也很贴切。因为汤汁要用温水化开，还要加到热腾腾的锅里。“冰棍小苗”刚到店就接触了热气腾腾的东西，立刻满血复活。

可是她的技术还差很多，加完之后，锅里的汤不是咸了就是淡了。欢哥属于那种不买关东煮只蹭汤喝的人，喝了小苗调配的汤，还忍不住咂嘴。

这让小苗又羞又恼："蹭汤喝的还挑三拣四！"可恼也没办法，都怪自己技术不行。好在店长处变不惊，总能把味道调回来。要是放在一般人身上，早就放弃了，小苗却没收手，为了每天能快点暖和起来，也要练好这门技术啊！

这一天小苗继续努力，又调出一锅咸汤，恰好店长出去了，暂时没人收拾烂摊子，只有欢哥在看笑话。就在此时，有人被门外的冷风推了进来。

进来的人慢慢转悠着乱看。小苗本来还有些紧张，祈祷他不要来买关东煮，结果一看他的样子就放心了，他大概是来避风的。今天的风有些邪门，到了晚上还没停，非要把人吹得凉凉的才肯罢休。

那人大概刚下班，身上还穿着工装，竟然是共享单车公司的员工，就是小苗常骑的那家。小苗顿时感觉亲切，忍不住要喊“不用买什么，随便坐”。

没想到他转了一会儿，到了关东煮的窗口，眼睛瞬间发亮，很兴奋地指着恒温锅道：“这个，帮我来一些。”

小苗顿时变得窘迫，感觉自己马上就要变成店铺的千古罪人。欢哥在旁边露出一脸看热闹的表情。小苗只能硬着头皮给客人夹关东煮，并祈祷他不爱喝汤。还好，他要了杯装，看来对汤不太感兴趣。

“多来点汤可以吗？”他看着热气腾腾的汤，终于改了主意。

欢哥“哈”了一声，让小苗更窘了。

“汤有点咸。”她支支吾吾，总算说出不愿意说的话。

“没事没事，我不怕咸。多加点。”

欢哥一脸“等着瞧”的表情，潜台词是等你尝过你就怕了。小苗见对方一再坚持，硬着头皮换了碗装，给他加了满满的汤。

因为心里忐忑，所以在盛汤的时候，小苗不断打量对方的脸色，看他有没有后悔的意思。这时候她才看清他的模样。也是个年轻小伙子，身材一般，长相一般，但肤色不是一般的黑。不是天生的黑，而是常年在外面风吹日晒的黑。

小苗有些疑惑，这种肤色只有在快递小哥和外卖小哥身上有，共享单车公司的员工，不都是程序员或者文员吗？坐办公室的也会这么黑吗？

在她疑惑的时候，这个小哥急不可耐地接过碗，到用餐区贪婪地享用起来。果然，他的目的是汤，直接喝了两大口。

小苗忍不住抽了一口凉气，这么大口，人大概要变咸鱼了。欢哥也紧盯着小哥的脸，等着下一秒小哥像火山一样爆发。店里的空气在这一秒凝固了。

就在小苗他们紧张到要爆炸的时候，一声门响，把他们的目光牵了过去。店长回来了。等他们回过神来，再看小哥，他已经在喝第三口了。

“啊！”小苗忍不住小声尖叫。欢哥也一脸的难以置信。店长一脸茫然，愣了好久才弄清这两人在关注什么。

此时小哥已经喝了一半，速度慢了下来，开始仔细咀嚼关东煮，时不时喝上一口汤。好像汤才是他的主食，关东煮只不过是配菜。

“小哥，你是做什么工作的呀？”欢哥敬佩之余，忍不住好奇起来。

“我做共享单车的。”小哥有些不好意思地指了指工装上的标识，说完这话反而更不好意思了，又补充了一句，“主要负责车子的搬运。”

“共享单车还需要搬运啊，不都是人工智能大数据什么的吗？”在小苗的印象里，它们出现在哪里，都是完全随机的。

“需要啊。”小哥又喝了一口汤，“你想，早上车子都被骑到了地铁站，地铁站车子都满了，其他地方却没车骑。我们就要把车子运到其他地方。到了晚上，地铁站用车高峰期，我们又得把车集中送到地铁站，不然用户就没车用了。”他耐心地比画着解释给小苗听。

“什么嘛，不是人工智能啊。说了半天，跟定点租车没什么区别呀。”小苗心里共享单车高端大气上档次的形象破灭了。

“本来就是租车，就是加了个手机扫码。跟那些 ×× 快车一个道理。”欢哥一说起什么快车就要骂人，“说到底，还不是人在干活？”

“不是啊。”小哥说得口干舌燥，想再喝口汤，却发现碗已经见底，关东煮倒还剩了一些。

小苗抢过他的碗，小跑到恒温锅那里。店长尝过汤的味道，本想调一下，见她过来，便放弃了这个念头，直接盛了满满一碗。

小哥又是一脸不好意思，却直接喝了一大口，满足得直点头。他喝完之后却发现其他人一脸齁得慌的表情，便说：“我经常在外面跑，出汗多，所以口味比较重。”

小哥顿了顿，又说：“共享单车还是很先进的，最起码人们可以随时随地用车啊。”小哥对自己的工作很自豪，“车子都在地铁站和附近的小区流动，基本能符合用户需求。只是需要我们稍微调整一下而已。”

他想了一会儿，指着碗里的汤道：“我们就像这个汤一样，让关东煮一直热着，可以让人一直吃到热的。”

虽然他这么说，但小苗心里还是有了疙瘩。以后她每天上下班的时候，难免会对共享单车低看一眼。想起这所谓的智能共享单车，是由一个个小哥搬运来搬运去，她顿时不再觉得它档次高了。那个小哥来过一次之后，再也没出现，好像应了他的比喻，他就像汤，也许蒸发了，也许在哪里热着关东煮。

天气越来越冷，小苗调汤的技术还是没练好，店长不徐不疾，倒是负责尝味道的欢哥怨声载道，可也不敢对小苗抱怨太多，不然就喝不上这点热汤了。

冷风吹得草坪枯黄，树上的叶子也开始成批往下掉。夜里的风裹着黑，一阵一阵想往店里钻。小苗又调了一锅咸汤，她终于忍不住，想撂挑子，承认自己没这个天赋。

她正要爆炸，门开了，又是那个小哥。他的神情变了，没有以前那么积极了。

小苗以为他冻坏了，按原样给他盛了点关东煮和一大碗汤。汤跟以前一样咸，但他却皱了眉头，没说话，默默地喝了半碗。

“关东煮少了，这些汤留着也没有意义了。”喝完之后他才开口。

小苗被他没头没脑的话弄得茫然，欢哥在旁边小声解释：“那几家共享单车公司卖的卖，倒的倒。你没见路上的车都没人维护了吗？”

“那……”小苗抓不住重点。路上的车还是有，还会被人骑，只不过不再需要他们这些维护的人了。现在的共享单车，就像离了锅的关东煮。

“那你怎么办呀？”小苗终于捋顺了逻辑。

小哥摇摇头，剩下的半碗他也没再喝。不是热汤不诱人，而是外面太冷了。

店长在一片沉默中拿来工具，重新开了一袋浓缩汤汁，把锅里的汤补了回来。等到汤重新热起来之后，店长重新盛了一碗，放在小哥面前。

“你以后不在外面跑了，口味还是淡一点的好。”店长像在跟小哥说话，却看着小苗。

小哥看着眼前再度热气腾腾的汤，犹豫着低头喝了一小口，瞬间眉头展开了，接连喝了几口，最后一点都没有剩。不知道从什么时候开始，外面的夜平静了，风也没再往店里钻了。

从那以后，小苗忽然开窍了，每次加汤都恰到好处。只是那个小哥再也没来了。

“也许他在其他地方，做他的汤吧。”

THE FIRST CHAPTER

哪吒公仔

CONVENIENCE

2020.xx.xx

978-7-5594-5068-5

欢迎光临！

¥ 5.10

单品价格

夜里总是很无聊的，所以每个在夜里无法入眠的人都会有点爱好。

小苗的爱好比较多，用俗话来说，这叫三分钟热度。但最近小苗一反常态，手里的东西已经研究四天了。

她手里拿着的，是一本叫作《容貌心理学》的书，是店里清理几年前卖剩下的杂志时翻出来的。这本书是某个杂志附赠的，薄薄的一本，铜版彩印，封面上故弄玄虚地印着几个图形，写着抓人眼球的介绍：十分钟，让你对陌生人了如指掌。

按这行字说的，这本书十分钟之后就该放下了。但小苗有种看到天荒地老的意思，捧在手里不肯放下。不仅如此，她还将书里的理论跟其他人说，试图推荐这本书，但好像没人买账。欢哥听了直撇嘴，嘴里的米饭差点飞出来："什么容貌心理学？不就是相面吗？"

小苗一副无法与他交流的表情："你不懂，这叫科学。"

欢哥不信邪，指着店长的熊猫眼，让小苗分析一下这代表什么心理。小苗抓耳挠腮翻了半天书，得出一个结论：店长这是娘胎里就睡眠不足。

这个解释显然没能让欢哥满意，店长也很不满意，让小苗去整理货架。自从小苗迷上了这本书，就疏于打理冷藏食品柜了。放在平时，这个问题也不大。但最近店里在搞活动，主要区域就在冷藏柜。

总公司最近新培养了一家供应商，专做饭团的，开发了很多新口味。新的饭团比起原来的同类产品，多了清香口感，即使冷着吃，也能尝到一丝丝米饭的香甜。所以在商品推介会上，厂家特意介绍，一定要试一下冷吃，这是夏天最好的选择。

总公司很重视，所以饭团上新当天就开始做活动。最近一部讲哪吒的动画片很火，公司签下了一款独家周边产品，跟饭团作换购。小苗很喜欢那款周边产品，到店之后自己就换购了一个。那是个哪吒的电动公仔，大脑袋，黑眼圈，身上缠着混天绫，双手抓着火尖枪，憨态可掬，又威风凛凛。

最吸引人的地方是这个公仔可以充电，打开开关之后，手上的火尖枪可以像风扇一样转起来。虽然风力不够强劲，不能做风扇，但是真的很酷。只要买两个不同品类的饭团，再加十一元就可以换购，小苗想象不出有什么人能抵抗这种诱惑。连欢哥都买了一个，摆在车里。

但是店长没买，因为他喜欢老版的哪吒，觉得这一版的不好看。小苗很生气，自己总结了一下原因，认为店长是觉得这版哪吒的黑眼圈是在嘲讽他。但黑眼圈哪吒很好看啊，小苗觉得店长是反应过度。她又开始端起了书，想看看哪种容貌特点对应反应过度。

就在她试图研究出个一二三四的时候，“哪吒”进来了。“哪吒”不是公仔，是个女孩。之所以叫她哪吒，是因为她扎了两个哪吒式的冲天鬏，两边垂下两缕头发，遮在脸颊两侧，衬出尖下巴和大眼睛，显得非常可爱。最关键的是，她的眼圈也隐隐发黑，像是真的没睡好。要是她手里再提一把火尖枪，几乎就是哪吒再世。可惜，她没拿火尖枪，只拿了一把小号的长柄遮阳伞。

“哪吒”给人的感觉像是一天没吃饭。她扫荡了关东煮锅里的残余，又拿了一块毛毛虫面包，刚结完账，还没离开柜台，就开始吃了起来。

“咦，这是什么？”她发现了小苗摆在手边的哪吒公仔，顺手拿起来把玩。

小苗一边担心她给弄坏了，一边给她重复换购活动的内容。“哪吒”似乎感觉到了小苗的提心吊胆，小心地把公仔放在柜台上。她转身之后，动作猛然加快，径直冲到冷藏柜前，想买饭团。

可惜，饭团本就是畅销品，现在又有活动，到晚上这个时间，已经所剩无几。“哪吒”看了半天，只拿了一个饭团过来：“只剩一个了，能配点别的换购吗？”

小苗耐着性子给她解释活动条款，但“哪吒”并不买账，一心想换购公仔。再加上她似乎有在大公司工作的经历，语气有些咄咄逼人。小苗解释不通，声音也高了起来。她有点怀疑人生了，明明是看着这么可爱的一个女孩子，为什么这么执拗呢？欢哥在旁边忘了吃饭，一心看热闹。

店长把小苗支到一边，用他的熊猫眼对上“哪吒”的黑眼圈。他一开口，店里的分贝马上降了下去。店长反复跟“哪吒”确认，明天会为她预留两个饭团，确保她能换购公仔。

“哪吒”把她的执拗发挥到了极致，反复跟店长确认了时间，这才坐到用餐区，吃完了自己的饭，然后晃着伞，消失在夜色里。

“理论不灵了吧？”欢哥对着小苗嬉皮笑脸。小苗没理他，她还没从怀疑人生的情绪里出来。

第二天，还是差不多的时间，“哪吒”再次过来了。这次，她没展示出那种执拗，因为她如愿以偿地买到了哪吒公仔。吃完东西后，她没急着离开，而是坐在那里，小心地拆开了包装，把玩着哪吒。她脸上的表情，像看到老朋友那样开心。

小苗因为昨晚的事，心中仍有芥蒂，噘着嘴瞥着那边，有心想拿自己的哪吒跟她的比一比，可惜要招呼客人，不得闲，只能偷偷看着。“哪吒”已经发现了机关所在，让火尖枪转了起来，这让她兴奋不已。但这一下，更兴奋的是小苗。

火尖枪吹起来的微风，把“哪吒”两颊的刘海吹开了。小苗这才发现，原来她不是尖脸，而是方脸。下巴两侧凸出两块硬硬的骨头。只是因为她在那个部位刻意化了妆，同时用头发遮挡，这才不明显。

这样一来，那种柔和可爱的样子就不复存在了，而是显出一个性格倔强的模样。小苗在她走后，得意地向店长和欢哥解释自己的发现，以此证明书中的理论是正确的。但欢哥和店长完全不能想象方脸是如何变尖脸的，在他们看来，这属于魔法级别。小苗解释了半天，他们才勉强接受。

“会化妆的女孩子真可怕。”欢哥下了结论。

但是在当时，“哪吒”并没有注意到小苗研究的目光，她还在玩哪吒，转着火尖枪。

后来，“哪吒”来的次数多了起来，大家渐渐发现，她其实没那天那么让人不快。人跟人之间很奇妙，没相遇之前，人是个多面体，而第一次见面看到的那一面，往往决定了对方对你的看法。但这个理论也是个多面体，另一面是，即使第一印象并不顺眼，以后相处时，也可以慢慢调整过来。

“哪吒”就是这样，时间长了之后，小苗发现，她其实是个很不错的顾客，跟其他人交流起来也很温煦。当然，执拗也是她性格的一部分。她对小苗也不错，好像两人之间从未发生过不愉快。这反倒让小苗觉得自己反应过度了。

不过，难免有意外的时候。这个城市中的其他白领，总会在某些重要节假日的时候消失几天，一般都是回家团聚。“哪吒”却很少提到回家的话题。只有一次，她偶然提起要回家，那次她消失了很长一段时间。再次出现时，她脸上化了很厚的妆，但是盖不住左眼上的青紫，那不是睡眠不足的印记，而是暴力留下的痕迹。

小苗和欢哥旁敲侧击地问她怎么回事，“哪吒”没回答，迅速转移了话题。等她走后，店里几个人窃窃私语，讨论个中因由。欢哥断定这是“哪吒”男朋友打的，说等她下次来的时候，一定劝她报警。

小苗却不以为然："肯定不是男朋友。八成是原生家庭中的某个人。"她又开始从书里拿理论，"一般在有家庭暴力的家庭长大的孩子，能成功走出来的，大部分是方脸。只有这种倔强执拗的人，才不会被家暴吓倒。"

"胡扯了吧。她要是走出来了，怎么还会被打？"欢哥照例嘲笑她的理论。

"家暴就是为了控制啊。施暴的人肯定不会那么轻易放弃，肯定想再用暴力手段让她屈服啊。"

后来的一件事，倒是验证了小苗的理论。某天晚上，"哪吒"照例在店里加餐，忽然手机响了。在看到屏幕上联系人的那一刻，她平时的温柔可爱全都消失了，之前的执拗与倔强全部浮现出来。"哪吒"假装平静地接了电话，但跟对面的人没说多久，就提高了分贝，把旁边吃着日式拉面的程序员吓得汤水四溅。

"哪吒"意识到自己的失态，举着手机匆匆出去了。欢哥拉着小苗一起趴在门边听外面的"哪吒"打电话。店长有心想拉他们回来，想了想也过去了。店里只剩那个程序员，继续吸溜着拉面。

虽说不太道德，但小苗他们终于听出个大概。让"哪吒"抛下所有美好，在人迹稀少的路灯下执拗相抗的人，是她的父亲。她的父亲正在电话另一边怒气冲天，让她回去工作。这个话题在两人之间好像是老生常谈了，"哪吒"应付起来也驾轻就熟，执拗起来游刃有余。

小苗他们听着那场车轮战一般的对抗，心生恐惧，不知道什么时候结束，更不知道要是换了自己，能在这种对战下坚持多久。最终，这场对抗以"哪吒"

手机没电告终。“哪吒”回到店里，收了情绪，装作若无其事的样子。在此之前，小苗他们已经作鸟兽散。

“很多年了，我俩就这个相处模式。”“哪吒”倒是不避讳，面对小苗和欢哥询问的目光，自己开了口，“以前是打我妈，后来连我一块打。每次打完我，都会问一句‘你服不服’，我妈被他打了那么长时间，每次都劝我低头。我每次都抬着头说‘不服’。

“说白了，打人，就是为了让人听他的。可那是我自己的人生，我为什么要听他的？有时候他说不过我，跑到这里来打我，打来打去我就是那句话，‘不服’。他也不敢在这里待久了，害怕家里我妈又不服他。想想他也挺可怜的，没了手里那根皮带，没人再听他的。”

“那以后呢？以后等你父母老了，还是得见面啊。”欢哥比较老派。

“谁知道呢？现在我想要的，是老死不相往来。”

“就是就是，好不容易走出来了，难道还要回去挨皮带呀？”有了这一出，小苗跟“哪吒”越发亲近，“她可是靠着这个才活过这二十多年呢。”小苗比了比两腮。

“哪吒”好奇，追问小苗这话的意思，明白之后，特意借了把镜子，对着里面的自己笑。说实在的，如果没有那两块凸出的骨头，她是个很美的女孩子。可是，那样的话，她也许不会那么执拗，就会永远被那个暴力父亲捏在手心。“哪吒”特意把那个部位的妆擦掉，欣赏了一会儿，似是跟多年的战友见面一样。

但是在走之前，她又再三整理了一下头发，把两边挡住了。比起战友什么的，还是好看更重要。

在此之后，她又有很长一段时间没出现。小苗等人都在担心，害怕她又回家了或者被父亲追打什么的。直到大家快淡忘的时候，她才重新出现在店里，还是绾着冲天鬏，不同的是，她把脸颊两侧那两缕长长的头发剪去了。

“哪吒”在店里转了半天，小苗才终于发现异常，凑到她面前左右比画，但就是说不出哪里不一样了。“哪吒”伸手在两颊比了比，小苗才恍然大悟。

“削骨了。”“哪吒”的语调非常平淡。

不需要借助化妆，也不用头发遮挡，她已经完全变成了当初那个尖脸女孩。她跟小苗聊天时，电话又响了，是她父亲打来的。她若无其事地接了电话，语气平淡，当初那些执拗，好像也消失不见了。电话那头的人似乎失去了那种戾气，更多的是沉默。没聊多久，她就挂了电话。

“从我削骨以后，我俩说话就这样了。”

“怎么做到的？”小苗看见旁边的哪吒公仔，忽然想到一件事，“你把削下来的骨寄给他了？”

“我变态啊？”“哪吒”一顿大笑，“不知道为什么，也许是他老了，也许是知道这种方法没用了。谁知道呢？反正我现在过得清净。”没有需要对抗的人，“哪吒”似乎变成另外一个样子了。

后来，“哪吒”很长时间没来过，偶尔路过一次，说是已经换了工作，做了主管。欢哥啧啧称赞，改变了对化妆和整容的看法。

小苗则把那本《容貌心理学》扔了。

“不是科学吗？”欢哥问。

“狗屁科学。”

THE FIRST CHAPTER

福袋

CONVENIENCE

2020.xx.xx

978-7-5594-5068-5

欢迎光临！

¥ 6.00

单品价格

小苗觉得欢哥最近越来越讨人厌。

以前欢哥在店里蹭临期的盒饭，至少还搭配着买点其他东西，绿茶饮料啊，红茶饮料啊什么的。最近他啥也不买，每天进到店里，眼巴巴地就是等临期盒饭，还嬉皮笑脸地问有没有其他东西临期。要是侥幸碰上了，他脸上堆着的笑能滴到地上去。

看着他的笑脸，小苗甚至有些疑惑，是不是所有跑夜班的黑车司机都这么厚脸皮？但是，欢哥这个司机好像又跟其他人不一样。别的司机休息的时候，喜欢扎堆，在一块胡侃，然后彼此之间散个烟，维持一下感情。欢哥不一样，他虽然也抽烟，但都是一个人偷偷地抽，偶尔跟店长一起抽，也大多是抽店长的。想等欢哥散出烟来，想都别想。

至于在店里吃临期盒饭这事，要是其他司机，吃过一次之后，下次就会带一群司机过来。欢哥除了带过一个客人过来吃，从没有带过任何司机朋友来，仿佛这里是他的私人停靠站。

有一次小苗坐某个司机的车，偶然提起欢哥。那个司机冷淡地回应“哦，那个铁公鸡啊”。小苗深有同感，觉得这个外号简直形象极了。那个司机如遇知音，然后跟小苗吐槽了一万条欢哥的抠门事迹。但是每条都大同小异，都是欢哥等别人散烟，自己从来不掏兜里的烟。听来听去，小苗也就没了兴趣。已经在店里看了无数次欢哥的抠门形象，干吗还要再折磨自己？

不过小苗最近也没时间管欢哥，最近店里要做店庆，又要开始售卖福袋了，压力瞬间大了好多。

所谓福袋，就是一堆热门商品的大集合，然后装在一个外形可爱的手提袋里，作为这段时间的主力商品来售卖。这是店铺的保留节目，每年到这个时间，总公司都会发动所有的力量，包装、售卖福袋。

流程差不多一样，公司会挑出十几种热销的商品，一般包括薯片、威化饼干等热卖零食，还有几款畅销饮料，以及比较常用的日化产品等。但这些都是配角，每次福袋里还都会有明星商品，那才是吸引人的地方。去年福袋里的明星商品是一支红酒，结果当年的福袋供不应求。

除此之外，福袋最重要的，是外面的手提袋。布料很平常，但上面的形象都是公司跟漫画品牌合作的，熊本熊、樱桃小丸子等，都是上面的常客。今年轮到了皮卡丘。

每年到了这个时候，公司都会把休班的员工调到总公司，开始制作福袋。以前小苗没去过，不过听说就是流水线作业，打开一个袋子，塞进一款商品，然后再递给下一个人，塞进下一款商品。直到把所有商品都放进去，一个福袋就制作完成了。

今年小苗没休班，但也必须得去。因为今年恰好是十年店庆，福袋优惠力度超大，所以公司准备的福袋数量是去年的三倍，需要大量的人手帮忙。于是小苗头一天下了夜班，就顶着熊猫眼跟店长一起去了总公司。

再来店里上班时，熊猫眼本应该更重，但小苗却一脸兴奋，好像看到了天下最好玩的事情。

这次福袋的明星商品是个运动手环，不过这不是她兴奋的根源。她在总公司看到的，比运动手环还让她震惊。

由于职业原因，便利店的店员在入职后，体重会呈指数级增长。因为店里好吃的东西实在太多了，店员近水楼台，忍不住要多买一些。店长职位更是重灾区。要是你想在一个便利店里找店长，找那个体积最大的，九成九就是了。

不过本店店长好像是例外，自小苗来的时候，他就是那个体形，圆滚滚的，一对肉肉的胳膊和手，要是撩起裤腿，大概会发现他的腿也是那样的。加上那双标志性的黑眼圈，小苗甚至怀疑，店长是公司特招的，他本来体形就这样。那天去了公司之后，这种怀疑成真了。

“整个公司，所有的店长都聚在那个屋子里。你能想象吗？所有人都是同一个体形，还都有一对熊猫眼。那些人在那里一个一个传着布袋子，身上的肉抖起来都是同一个频率。”小苗努力晃着身子，试图模仿店长平时活动时那种音效，可惜欢哥并没有这种想象力，她只好拽着自己松散的肱三头肌，还原那种软软的晃动感。

欢哥始终没理解，因为他没时间，他今晚带了一个年轻人过来。本以为他又是来蹭临期盒饭，结果他竟然反常地出手阔绰，让小苗刮目相看。

“这个，这个，还有这个，每样来两个。”欢哥指着那些燃面饭团之类的东西，一脸中了彩票的样子。那些都是半夜刚刚配送到店的货物，还放在配给箱里，没来得及放上货架。对于欢哥的反常行为，店长倒没啥意见，默默地把欢哥要的几样东西递给小苗，让她去结账，自己继续往货柜里补货。他半袖制服下那圆滚滚的胳膊抖动着。

欢哥旁边的年轻人忍不住笑了，小苗也忍不住多看了他几眼，他的脸形有点像欢哥，只不过没有那种猥琐的气质，整个人器宇轩昂的，比欢哥还高一头。

“今天怎么……”小苗忍不住打趣欢哥，以前欢哥都嬉皮笑脸地调侃，今天却打断了她。

“儿子在英国读书，这些天放假回来了，非要晚上跟我一起跑车，就带他转转，看看我平时干啥、吃啥。”欢哥说得很大声，但背着儿子，一直给小苗打眼神。

原来是他儿子，小苗心领神会，没有当场戳穿欢哥。等欢哥的儿子拿着燃面什么的去到用餐区，欢哥脸上才又出现那种嬉皮笑脸的样子，感谢小苗的不戳穿之恩。不过一转脸，他就恢复了本来面目，差点让小苗把燃面拍他脸上。

“这东西卖这么便宜，不会都是过期食品吧？”欢哥研究着柜台旁边的福袋，仔细看着里面的商品，一脸看到了临期盒饭的表情，“这个套路我听人说过，贵就贵在外面这个袋子上。能不能不要袋子，只拿里面的东西？反正都是快过期的。哎，怎么还有面膜，换成烟就好了。”

欢哥终于注意到小苗含着怒气的眼神，讪讪地放下福袋溜了。小苗刚对欢哥有点好印象，这会儿全没了。这些商品是公司和供应商一起降低了利润才能这么便宜的，到欢哥这里却变成了过期商品。小苗本想找机会戳穿他，但看到他跟他儿子在一起那一脸满足的样子，到底没忍心。

欢哥和儿子连续来了好几天，店里难得少了点猥琐气息，能看到一点青春的气象了。欢哥的儿子有种莫名的帅气，很难想象欢哥以前也是这样。一个青春靓丽的人，是怎么变成现在这个油腻的中年人的？小苗想不明白，不过看到店长，她也释然了，因为她也想不到，店长到底一直是这个样子，还是也曾有过青葱岁月。

这天，欢哥又是一个人了，没了跟儿子在一起时的阔绰，也没了以前的猥琐，反而有点丧气。他车都懒得跑，一直在店里待着。

“吵架了呗。”欢哥懒洋洋地道，“儿子不想让我跑车，怕我累，让我干点别的。我这一大把年纪了，除了晚上卖点力气，还能干啥呀？”

按欢哥的话说，他以前也阔过的。年轻时的欢哥是个浪荡子，跑运输挣了不少钱，但都用于吃喝玩乐了，一点都没剩下，还找了不少女朋友。

后来不知怎么，他被其中一个女孩子绑住了，结了婚，有了老婆要照顾，从运输转餐饮，这才攒下了家底。结果有了儿子没几年，老婆又得了重病。为了治病，他把所有东西都折了进去，但人还是没了。

一来二去，欢哥还是家底空空，只剩下个儿子。儿子是跟他过过好日子的，不能委屈了。欢哥没再创业，开始了打工生涯，也从以前那个浪荡子变成了现在的铁公鸡，省下的所有家当都用来供儿子读书了。老婆在的时候，希望儿子去国外读书，所以欢哥咬牙把儿子送到了英国，自己在国内，变成了小苗眼中的抠门老司机。

小苗听完欢哥的悲欢史，没说话，转头看见店长示意的眼神，去冷柜里拿了一瓶乌龙茶，放在欢哥的手边。

“我不爱喝这个，没味，你给我拿瓶绿茶。”

“我请的，解油腻。”小苗不容反对。

“你请的？不会又是快过期的吧？”欢哥仔仔细细地检查生产日期，脸上又出现了一丝猥琐。小苗都不觉得意外了，欢哥这个人，总是帅不过三秒。无论这一秒怎样，下一秒总是那种讨人厌的样子。他说：“还不如送包烟呢，这几天我都没舍得抽。”

欢哥还在研究那个福袋，看着里头一大堆东西啧啧称奇：“这么多东西，各式各样的，吃的还好说，其他的东西也没啥用，谁会买呀？”

欢哥正说着，瞥见小苗拿起了拖把，赶紧缩了缩头，冲了出去。就连走的时候，他也是那种讨人厌的样子，不过也算恢复了平常模样。

此后很长一段时间，欢哥都是一个人来的。直到夏天快过了，他才终于跟儿子一起出现。不过这次不是儿子陪他跑车，而是他送儿子去机场。暑假结束了，儿子要去英国。两人路过这里，最后吃点夜宵。

不过这顿夜宵不太愉快，父子俩又有了矛盾。儿子嫌弃行李箱里的东西太多太杂，肯定要超重。欢哥却始终坚持，里面每一样东西都是有用的，不许他拿出来。儿子还在坚持，说出门在外，就要轻装简行。

“什么轻装简行，穷家富路，谁不是把箱子塞得满满的？给你带的东西还能吃上一段时间，省得去了英国没着落。”

儿子忽然转了话题方向，开始从带的吃的太多，转到了欢哥生活不健康，并列出一条条欢哥的各种不良习惯。欢哥反倒没话说了，猥琐的脸憋得通红，四处寻找援兵。

小苗和店长在一旁看着，并不打算上前帮忙。在店里吃面的程序员终于想说点什么话，被小苗瞪了一眼，于是他继续低头吃面。

两父子的争论终于到了斗气打赌的阶段，欢哥想让儿子多拿点好成绩，儿子想让欢哥至少保持一点健康习惯。成绩好体现，拿出成绩单就行了，但是健康习惯，根本没个具体指标。

店长不失时机地指了指身边的福袋，儿子恍然大悟，掏钱买了一个，顺便加了一包烟。他从里面掏出那个运动手环，递给欢哥，这可是监督欢哥健康生活的利器。他顺便把剩下的东西也推了过去。

欢哥傻眼了，嘴上做着无谓的抵抗：“这么多东西，我都用不上。”

“每样东西都有用。”儿子把他的话还了回去。

儿子去英国之后，那个袋子就成了欢哥的标配。他每天都戴着手环，还得定时把数据上传，给另一端的儿子检查。那包烟他也带着，只不过一直放在包里，没抽几根。他现在还跟以前一样，恢复了铁公鸡的状态，天天等着吃临期盒饭，不过不再对促销商品说三道四了。

但是小苗还是想吐槽他。欢哥那张脸的猥琐气息太重，跟袋子上的皮卡丘一点也不搭。

后来有一天，据有关人士反映，他在坐欢哥车的时候，发现欢哥在敷面膜。

THE FIRST CHAPTER

透明雨伞

CONVENIENCE

2020.xx.xx

978-7-5594-5068-5

欢迎光临！

¥ 6.80

单品价格

在那种普通的小百货店里，或许有在货架上积灰的商品。那些店大多是家庭店或者夫妻店，小本经营，商品进到店里就是自己的，卖不掉的大概率要砸在手里。

那些商品大多是店主们觉得好卖，甚至是很喜欢的。但现实是残酷的，它们会随着时间的流逝和畅销商品的挤压，被堆在各种角落里，用自己的寂寞为店主的喜好买单。

但是像本店这种连锁型的便利店，绝对不会出现这种情况。小苗每次有幸去到总公司，都会被采购部那边一张张眉头紧锁着盯着电脑屏幕的脸所吸引。作为总公司的职员，他们的穿着打扮很不一样。

店员们穿着的制服上衣衣角是开衩的，看起来休闲，让人觉得易于亲近。而职员们则比较庄重，男职员必须要穿衬衫，还要扎进裤子里。小苗曾经看见一个常穿休闲装的男职员，不久以后就开始西装革履起来，那种环境中，任何人都会不自觉地庄重起来。女职员则要穿庄重点的裙子。总之，无论是表情还是穿着，都显得很专业。

他们的专业主要体现在挑选商品上。他们会从一个个数据里挑选商品，在商品还没进到店里之前，就可以笃定它会很好卖。

便利店的另外一个优势，是小店们可望而不可即的，那就是便利店不会给滞销商品积灰的空间。便利店空间很小，注定了它的每一点空间都很宝贵，每一个位置都要承担着黄金位置的职责。一旦某个商品滞销了，会立刻被换下，它身边的畅销品会迅速把它的位置挤占了。

最重要的是，便利店可以把那些滞销商品退还给供应商。小苗经常想象那些采购员要用什么理由来退货，要是她去做，估计要花很长时间才能鼓起勇气将那些问题商品退了，更别说那些没犯什么错的商品。

后来小苗问了店长，店长说通用的理由没那么复杂，但小苗听起来却觉得令人窒息。理由就是“这件商品不好卖”之类的，背后的潜台词就是，不好卖是你们的责任，不是我们的。

很无情对不对？连抠门的欢哥听着都连连咂嘴。但是没办法，这是便利店的生存策略。小苗很庆幸自己没做采购的工作，只要一想到那些滞销商品被送到某个地方，堆在角落里积灰，她就无法忍受。

好在她做不成采购，因此不需要面对那些商品的悲欢，每天只需要打理好货柜就好了。

最近她只在乎一个问题——什么时候下雨。

开店的几乎没有盼下雨的，小苗算那个例外。倒不是她故意跟人反着干，实在是城市的夏天太难熬。出了伏天，还有凶猛异常的秋老虎等着。这时候如果能下点雨，气温就会随着秋天的到来很快地降下去。有谁会不喜欢凉爽宜人的秋天呢？

当然，下雨的话，店里客流量降低，商品卖得不好，只有一种商品销量会上涨，那就是雨伞。

恰好店里新上了一批漂亮的雨伞，摆在店门口。要是客人看见外头雨点起了，抓起雨伞就可以买单出门，方便得很。恰好那些雨伞的款式小苗都很喜欢，所以也希望它们能卖得很好。

小苗很喜欢看街灯下的雨夜，一朵朵伞在黄色的灯光下张开，伴着雨点噼里啪啦砸在伞面上的声音，那伞就像雨水里盛开的花，生机盎然。不过光靠店里的人，她是看不到这种景象了。欢哥遇见下雨，只会嗷的一声冲进雨里，在还没完全淋湿之前窜进车里，抹把脸就开始发车。程序员则会考虑加会儿班，等雨停了再走。

至于店长，他每次打伞都会成为特别的风景。他的身体只有雨伞笼罩下的正中间一部分是干的，身体两侧都湿漉漉的。没办法，一般的雨伞没法完全盖住他的身体。

今年的雨还是很赏脸的，刚刚出了伏天，就满足了小苗的愿望，连下了一个星期。不仅小苗高兴，能在夜里体会一丝丝凉意，估计公司里负责采购雨伞的采购员也会美滋滋的。

不过，小苗很快就开始揪心了。因为她发现，店门口摆着的六款雨伞里，竟然出现了滞销品。

这种伞外观清新脱俗，在小苗看来是不会成为滞销品的。其他的伞花花绿绿、色彩斑斓，而它则是透明的，完全透明。以前店里卖过类似的伞，但顶多是伞面透明，伞骨和手柄都带有各自的色彩。而这把伞则是连伞骨和手柄，甚至按钮等都是用透明塑料制作的，能清楚地看见里面涂成白色的弹簧。到了雨天里，也只有伞边垂下的雨帘能隐约显示它的存在。

以前那些跟它类似的伞，都有过不俗的销量。但这款透明雨伞，整个雨季只卖出过一把。不是这一家店，而是公司所有的店。

买那把伞的人是位身材小巧的女士，身上穿着职业装，打扮得一丝不苟。一般这样的人，眼神会跟脚下高跟鞋的清脆声一样干练。但她不一样，脚下的坡跟鞋轻盈无声，眼神也丝毫不引人注意。她身上没有特别让人喜爱的地方，也没有特别让人讨厌的地方，甚至不会让人察觉到她的存在。如果她不是那个唯一买了那把伞的人，小苗也不会记住她。

在这个世界上，有一些人是天生要站中心位的，就连拍毕业照，也会被人拉去中间的位置，露出最灿烂的笑脸。但也有些人，永远隐身在照片的角落。并不是班主任或者摄影师刻意安排的，他们只是没注意到这样的人而已。这些人似乎天生就是透明的，容易被人忽略。

这位买了透明雨伞的女士就是这样的人，小苗叫她“雨伞女士”。小苗是事后回想起来，又十分好奇地回去调了监控，才发现那天她除了买伞，还做了不少事情。

她在接近深夜的时候进店，先在杂货品类的货架前转了一圈，仔仔细细地看了一遍。后来她买了饭团，还有关东煮里的一块笋尖、一团魔芋丝、一团海带，要了一勺汤，坐在用餐区默默地吃着。吃完之后，她居然还跟欢哥说了几句话。

但小苗问到欢哥的时候，欢哥这个见了女孩总要嬉皮笑脸的人，竟然花了好久才想起点模糊的记忆。

“就是……瞎聊嘛，想不起来说的啥了，谁能记住那些？”作为一个称职的黑车司机，欢哥能记住一周前某个女乘客的聊天内容，包括她爱吃什么、爱用什么，但现在却记忆缺失了。

小苗花了点时间，确认了欢哥不是老年痴呆前兆，最后只能不了了之。“雨伞女士”曾经存在的痕迹，只能在监控画面里和被留下来的购物小票上找寻。等到监控记录被覆盖，小票上面的字氧化消失，也许“雨伞女士”就消失不见了。

但那些透明雨伞还在那里，自从上次被购买过一次之后，就再也没有任何销量。终于，它们引起了店长的注意。小苗的心揪得更厉害了，这意味着透明雨伞要被下架了。

这几乎是注定的结局，即使店长不上报，其他店的店长也会上报，早晚它都要下架。

但是这次出了点意外。公司那边传来消息，透明雨伞继续售卖，以观后效。

这算得上是奇迹了。一般店里销量不好的商品，不可能有这样的命运。店里的销售业绩牵扯到店长和店员的绩效，以及公司的盈利。公司从上到下，都视滞销商品为眼中钉。这次店铺报上去的滞销报告居然被驳回，真是千年一遇。

后来店铺督导在某天一大早来到店里，小苗才听到了一些内情。

“公司那边，吵架了。”商品问题一般会引发一轮风波，主管店铺的运营部和主管商品的采购部，会围绕每件问题商品争来斗去。两个部门的老大也是表面和气，内里寸土必争，吵架事件很常见。

“不是老大们吵，是采购员，就是负责采购雨伞的那个，她和几个运营专员会议上吵完邮件里再吵，都吵了好几天了。”

“这么凶啊，为了什么呀？”

“就为这款雨伞呗。我们整个运营部都想下架退货，那个采购员硬是不让，一个一个都给顶回去了。”督导现在想起来还心有余悸。

“这个雨伞挺好的呀，为什么都想下架啊？”小苗不知道是心疼伞还是心疼那个采购员。

督导看着小苗的眼神，像在看店铺之耻：“不好卖的东西活该被下架。采购员就不应该凭个人感觉做事，更别说事实数据已经摆在那儿了。”

店长挥着肉嘟嘟的手让小苗往后站，然后好奇地问到底是哪个采购员，这正好满足了小苗的好奇心。但是督导却犯了难：“叫啥来着？就在嘴边，想不起来了。”

督导这个表情，小苗似曾相识，随即递上手机，给他看里面的监控照片。

“就是她！”督导一拍桌子，但还是想不起来她叫什么。

小苗那天无数次端详手机里的相片，终于拼凑出一点模糊的记忆。她去公司的那几次，的确看到“雨伞女士”在采购部那边坐着。只是她不像那些坐在中心位的人，经常有人呼唤，经常会抬起花枝招展的脸。她永远坐在角落里，且永远盯着电脑屏幕。她即使偶尔在外边行走，也好像丝毫不带动空气流动，让人感觉不到她的存在。

小苗无法想象，这样的“雨伞女士”，居然会为了透明雨伞跟同事们吵架，而且能把透明雨伞要下架的命运硬生生地扭转过来，这让小苗钦佩不已。

虽说透明雨伞在纸面上摆脱了下架的命运，但各个店铺都阳奉阴违，悄悄把它下了架，摆在角落里吃灰。只有小苗所在的店还一直摆着透明雨伞。店长甚至跟上白班的人打了招呼，确保了透明雨伞能一直存在在本店。

就这样过了一个多月，外面的风雨不断，据说公司里的风雨也没完全停歇，但是透明雨伞的销量一直没有改变。

终于有一天，“雨伞女士”再次出现在店里。

那天快到半夜了，还下着雨，“雨伞女士”举着那把透明雨伞出现了。她大概是在一天之内转遍了所有的店，满脸都是疲惫。她在店里匆匆转了一下，就准备张开雨伞，重新走进雨里。但她忽然看到了依旧存在的透明雨伞，脸上的疲躥瞬间消失了，而后合上雨伞，走回店里。

“一个笋尖、一个魔芋丝、一个海带，再加一勺汤，谢谢。”

这些都是关东煮里最普通的食物，但配上饭团吃，也有别样的清新口感。尤其是深夜的关东煮，锅里的食物经过长时间的低温炖煮，汤和食材的味道已经交融，十分入味。

但是“雨伞女士”并没有急着吃，而是和小苗、店长、欢哥，甚至程序员，聊起了哪种雨伞更好卖的话题。小苗知道她最关心的还是透明雨伞，但是她得到的依旧是别的答案。例如最近的女孩子都热爱款式新颖的雨伞啊，都喜欢色彩鲜艳一点的雨伞啊之类的。

欢哥的答案更加剑走偏锋：“这伞太不显眼了，容易丢啊。”这让人不由得担心他的视力出了问题，小苗暗暗上了心，以后下班再也不蹭欢哥的车了。

“你为什么一直要坚持卖这种透明雨伞？”小苗终于问了出来。

“你们呢？为什么一直摆着？”“雨伞女士”反问了一句，反而让小苗不知如何回答。

店长摊摊手，表示这是公司的安排，本店也是照章办事而已。“雨伞女士”面露感激地笑了笑，这种“照章办事”对她来说，是一种莫大的安慰。店里一下子安静下来，只能听到外面淅淅沥沥的雨声。程序员有心想吸一口面，被小苗一个眼神阻止了。

“做采购的，不能有个人喜好，需要考虑消费者的爱好。”“雨伞女士”终于重新开口，“好像我从小就是这么被教育的，要谦让，要照顾他人，不能任性。大家都觉得我是个乖孩子，即使稍微被忽略，也没有什么的。排座位被排在不起眼的地方，拍照片被安排站在角落里。涨工资的时候，上司会说，啊，今年的预算满了，给你少涨一些吧。时间久了，我也觉得自己应该在角落里。我这种性格，做采购什么的，是最好的吧，自己隐身，服务他人。

“所以，那天我跟运营部吵架的时候，所有人都吓坏了，他们都想不到我是从哪里冒出来的，为什么要保护这么一种卖得不好的商品。从来没有采购员这样做过。

“他们只是不知道，这是我喜欢的。”

“雨伞女士”重新走入雨夜的时候，小苗第一次看清了透明雨伞的形状。黄色的路灯把伞上跳跃的雨滴反射出来，像是夕阳下摇摆的蒲公英。

透明雨伞依旧没摆脱它的命运，终于在整个系统里被下架了，而且被退货。估计供应商也想不清楚，为什么这款雨伞会这么惨淡。没人说得清楚。

但是小苗他们并不关心这个。据说透明雨伞下架的同一天，“雨伞女士”离职了。也许她去做自己喜欢的事情了吧，跟那把透明雨伞一起。

/

夜班便利店

YE BAN BIAN LI DIAN

/

“

CONVENIENCE

鱼皮花生

¥ 9.00

✺ **2020JUNE**

保质期 **23**

人是很奇怪的动物，明明自己念叨着，也许会有很多更好的东西，但大多数人还是会在某个时候停下，守着第一个让自己满意的东西。要是这个东西忽然没了，即使他不得不向前走，但还是会不断怀念。

CONVENIENCE

薄荷香烟

¥ 10.90

✺ **2020JUNE**

保质期 **23**

人跟人是完全不一样的。有人在有光的地方会觉得温暖，待在店里就足够了。但有的人一定要靠烟这种东西，才能提振精神，抽完之后才觉得生活可以继续。

CONVENIENCE

鸡蛋还是盖浇饭

¥ 8.10

✺ **2020JUNE**

保质期 **23**

对有社交恐惧症的患者来说，世界上有很多可怕却无法逃避的事情。

24 -HOUR

#02号便利店

CONVENIENCE STORE 2

978-7-5594-5068-5

YE BAN BIAN LI DIAN

/

夜班便利店

YE BAN BIAN LI DIAN

/

THE SECOND CHAPTER

鸡蛋还是盖浇饭

CONVENIENCE

2020.xx.xx

978-7-5594-5068-5

欢迎光临！

¥ 8.10

单品价格

对有社交恐惧症的患者来说，世界上有很多可怕却无法逃避的事情，被推销健身卡应该排第一位。

小苗经常自称社交恐惧症患者，不过归结下来，她应该不算是。她只是单纯地无法抵抗各种诱惑，又心疼钱，不知道如何拒绝，进而厌恶与这些推销产品的人打交道。她走在路上，远远地看见他们，就要想办法绕开。

但这几乎是不可能的。小苗刚来本店的时候，正是健身房开得遍地都是的时候，用业内人士的话说，叫作前景大好。所有的有志青年都去做了健身教练，有志但肌肉差一点的，也去做了会籍顾问。

那时候，几乎每个路口都站着一群身材紧致，或者衣服紧致的男男女女。这些人向每个经过的人递上一张宣传页，问一句："游泳健身了解一下？"

对待这样的情景，最好的方法就是置之不理，不能搭话，连宣传页也不要接。一旦你出于礼貌接了宣传页，就会被默认为他的潜在客户。他们会追在你的后面，喋喋不休地讲着他们馆里的各种诱人之处。

小苗就是这样上了贼船，当然主要是当时那个会籍顾问是个帅哥，她一时心动办了一张健身卡，决定练出个马甲线、蜜桃臀之类的。

然后那张卡经常被店长他们围观，那是他们见过的最贵的开锁工具。店里后厨的门经常失灵，这张卡就派上了用场。至于它本来的用途，从来没有实现过。

自从卖给了小苗卡之后，那个帅哥就消失不见了，据说去什么健身学校深造了。他是个有理想的会籍顾问，一心想着当教练。至于退卡的要求，其他会籍顾问则表情冰冷地表示概不退换。小苗只能看着那张卡渐渐失去价值，变成一文不值的开锁工具，从此就讨厌上了健身房的那些人。

讨厌并不能改变什么，会籍顾问们还是三五成群地推销，而小苗发现自己还是得躲着他们走，以免再次上当。他们的话术太厉害，她实在无法拒绝啊。

但是小苗也越来越难躲了。小苗所在的便利店周围，几乎一夜之间崛起了无数个健身房。她经常看到穿各种颜色紧身衣的人在附近转悠，偏偏这些人下班的时间也很晚，搞得很像某些非法组织，让小苗很头疼。

某天晚上，欢哥忽然兴冲冲地奔进来，想要小苗他们赞助包瓜子。

“打起来了打起来了。”原来这包瓜子是看戏时的零食，欢哥脸上的皱纹都张开了，“两个健身房抢地盘，正在打架呢。”

小苗一听就来了精神，跟欢哥就着那袋瓜子看了半天的动作戏。说起来也简单，本店附近本来有一家商业健身房，专走健美路线的，店门口的区域是他们发传单的地盘。但是最近这里又开了一家拳馆性质的健身房，抢了他们揽客的地盘。最后两家划分不清，店门口成了两家的争抢地带。长期的领地纠纷，终于引发了今天的打架事件。

小苗和欢哥边嗑瓜子，边感慨健身的人精力充沛，上了一天班，还能出来打架，换作自己，连话都不想说。但是两边的人也没让他俩太过瘾，都只是在推推搡搡，偶尔有两个人失控出手，也是王八拳，撕扯翻滚。

“健身有啥用？打个架都不行。”欢哥把瓜子壳啐到地上，准备描绘一下真正的高手打架是什么样子，转头看见小苗冰冷的眼神，讪讪地蹲下，捡起了瓜子壳放在手里的袋子里。

“警察来了。”拥挤得像菜市场的群架现场，瞬间鸟兽散。小苗和欢哥连半包瓜子都没吃完，大失所望。两人回到店里时，一直守在店里的店长指了指收银台，示意瓜子还没结账。小苗如梦初醒，回头时，欢哥也跟健身小哥一起，消失在空气中。

欢哥再来的时候，遭到小苗的横眉竖眼，那些健身小哥也一样。自从经历了那次没打起来的群架之后，两家的冲突升级了。小苗经常看到他们在店门口横眉冷对，或者推推搡搡。有时候吓得客人都不敢进店买东西，大半夜看到面色不善的两帮人横在自己跟前，任谁都会害怕。

小苗这时候就会冲出去，用尽对健身行业的所有愤怒大吼一声，两边能消停十分钟或半小时，但不久又故态复萌。

也许是觉得这样无济于事，两家终于有了大动作，请出了镇馆高手。欢哥又是第一个观众，再次来求赞助。小苗白了他一眼，回去拿了上次剩的半包瓜子，继续围观。

健美队来的高手非同一般，中等个头，但是身板比正常人宽一倍，一看就属于镇馆神兽。健美高手往前一站，几乎挡住了所有灯光，还有身后一帮健身小哥的脸。

对面拳馆也毫不示弱，镇馆高手直接戴着拳套来的，对着健美高手摆出攻击架势，等着对方出手。两个高手身后站着高高矮矮一群拳手，或者戴着拳套的会籍顾问，气势冲天。这场面有种决战紫禁之巅的架势。

小苗和欢哥嗑瓜子嗑得更快了，两人的脸兴奋得通红。健美高手终于动了，他伸手一扯，上衣碎成两半，露出块块饱满、棱角分明的肌肉。身后的小弟们非常识相，立马爆出一阵喝彩。健美高手紧接着摆了几个姿势，把手又伸到了裤子上。

小苗赶紧站起来道："喂，不许脱裤子！"

健美高手讪讪地收了手，继续摆弄上身的肌肉。他刚开始动的时候，拳馆高手就动起来了。拳馆高手用拳套护脸，两腿不断弹跳，等着对方进攻。

但是健美高手又转了个身，亮出了背上的肌肉。

敢情只是来亮肌肉的。

拳馆高手挠挠头，戴着拳套不解痒，干脆摘下来挠了半天，终于明白了对面的意思，便慢吞吞地脱下了上衣。虽然气势上没有撕衣服那么劲爆，但衣服脱下来那一刹那，他身后的小哥们，包括小苗和欢哥都忍不住喝彩。

拳馆高手外表看起来跟正常人没差别，但是衣服之下，肌肉竟然沟壑分明，几乎跟李小龙差不多。而且拳馆高手特别识相，没打裤子的主意，获得了小苗的一分好感。

两个高手在店门口你来我往，互相摆起了姿势。那天晚上店里的瓜子卖得非常好，店门口坐了一群满眼放光的女孩子，不时尖叫助威。

总的来说，双方算是势均力敌，毕竟现场没有专业裁判，只能靠尖叫声来判定输赢。但大部分尖叫声来自高手身后的会籍顾问们，难免有作弊的嫌疑。

两个高手一直比拼到过了十二点，仍然不分胜负，大家却兴致寥寥了。健美高手准备一招定胜负，他摆出姿势，面部表情忽然变得凶神恶煞，紧接着胸前肌肉像吉他弦一样，根根弹动。这下连拳馆那边的人也忍不住称赞了。

眼看拳馆输了一筹，拳馆高手转了个身，背部肌肉挤压，显出了一棵圣诞树的形状。这一招引得全场的人惊叹不已，不过这次大家声音都很小，不是拳馆高手不厉害，实在是大家都累了。

眼看时间不早了，两边还没有决出胜负的意思，两家队伍只能草草收摊。毕竟是健身的人，输赢是小事，睡眠才是头等大事。

小苗回到店里，看到店长看她的眼神，瞬间觉得不好，急忙收拾起兴奋过度的心情，上下打扫，整理货架。这一场肌肉大战，正好在进货的时间，店里攒下了不少活呢。

没等上货完成，店里就进来一个熟悉的身影，是那个拳馆高手。他随手买了一个新上的盖饭，和一个昨天卖剩下的炸鸡排，坐在用餐区狼吞虎咽起来，好像几天没吃饭一样。

没等小苗开始咋舌，一个黑影挡住了灯光。那个健美高手也来了，伸手去拿小苗手里的溏心蛋。小苗赶紧拦住："还没录入呢。"

健美高手没说话，蹲在旁边，小苗录入一个他拿一个。溏心蛋虽然风味独特，比较畅销，但一天的进货量也就十个左右，全被他买完了。小苗叫苦不迭，今天上白班的人肯定要骂人了。

健美高手抱着满怀的鸡蛋到用餐区坐下，还没开动，就看见嚼着鸡排，嘴里流油不止的拳馆高手。健美高手满脸惊愕。

"吃的什么乱七八糟的！得吃鸡蛋！"健美高手块头大，声音也大，把旁边的程序员吓得一个哆嗦。

拳馆高手没理他，反而嚼得更香了。健美高手眼里似乎冒出闪电，身上肌肉根根暴起。每个健美高手的肌肉，都是牺牲美食，每天吃清水煮的鸡蛋或者鸡胸肉吃到吐后在健身房里练到眩晕才换来的。这种深夜吃高热量食物的行为，简直是在挑战健美高手的信仰。

小苗给店长打了无数个信号，心想这俩要是在店里打起来，损失可就严重了。店长却一脸无所谓，呆呆地看着那两人。小苗觉得他大概是羡慕了。

健美高手最终没有爆发，他选择把怒气发泄在溏心蛋上，随手一搓，蛋壳就碎成了末，一个白白净净的蛋被扔进了他的嘴里。那边拳馆高手也不示弱，把盖饭搅得满屋生香，每一滴油脂都渗进了饭里，然后再用牙齿和舌头嚼出一曲战歌。

两人你来我往，现场表演吃东西。连旁边的程序员都看得肚子乱叫，平时每次只能吃一桶速食面的他，现在又要了一块饭团，想要加入这场盛宴之中。但是他只吃了两口，就将饭团丢到了一边。吃饭这事，只有眼睛是不够的。

这场比拼依旧没能分出胜负，反倒把战火蔓延了。从那以后，店门口正式成了三八线，左边是健身房的天下，右边是拳馆的领地，双方均不得越界。就连两边的人进店买东西，也要贴着门的一边进出。

防止越界的方法，就是派两个镇馆高手在附近镇守，顺便兼职发点宣传页，拉一拉客户。从此便利店门口多了两尊风雨无阻的门神，两人一左一右，偏偏为了显肌肉，还都穿得清凉，不知道的还以为便利店变成了某种不可描述的场所。

到了晚上门神下班的时候，店里都会上演同样的戏码：鸡蛋对盖浇饭。健美高手试图用这种方式教育对手，而拳馆高手依旧我行我素，天天变着花样吃盖浇饭，兴致来了，还很有耐心地等小苗他们现做几块炸鸡。

“你这算怎么回事！”健美高手终于忍不住了，一拳把桌上的鸡蛋壳捶成粉末，指着拳馆高手怒吼，“怎么可能天天吃盒饭还能保持身材，你是不是在挑衅我？故意吃给我看的！”

“我天天都这样吃啊！”拳馆高手亮出手机，里面都是拍的饮食，大多是盖浇饭，其余的也是汉堡炸鸡之类的。

健美高手哑口无言，他似乎想起来，有个名词叫作天赋，有些人天生体脂率低，不需要特别克制饮食。但那种事情，对他来说依然是种侮辱。

欢哥以为局势缓解了，慢悠悠地插了一句，“你们练那玩意有啥用啊？天天吃个饭都那么辛苦，多累啊。”

话刚说完，欢哥就感受到了压力。健美高手转移怒火，还伸手去搬眼前的桌子，准备给欢哥露两手，表演个抓举。那张桌子是特制的，桌面大，桌脚小，因此下面特别沉，防止翻倒。

健美高手搬了两下，脸憋得通红，桌子纹丝不动。低头一看，店长把自己的一条胳膊搭在了桌面上。健美高手瞬间泄了气，低头默默地吃鸡蛋。拳馆高手竟也沉默了下去，吃盖浇饭的声音也小了。

这种沉默延续了好一会儿，两人去了店外，依旧在镇守边境，但气氛没那么剑拔弩张了。大概是天气渐凉，他们又穿得清凉的缘故。

终于有一天，健美高手镇守边境时不再四处乱走，而是在店门口默默地站着。不知道老对手葫芦里卖的什么药，拳馆高手也靠近了店门，以防万一。两个人真正变成了门神，连下雨了冻得浑身哆嗦也没动一动。

眼看雨越来越大，两人还是没动弹。小苗忍不住出去喊了一声：“你俩幼稚不幼稚，这种事也要争吗？”

两人终于进来了，默默开饭。破天荒地，健美高手没拿鸡蛋，反而挑了一份最油最香的盖浇饭，又拿了一块黄金琵琶腿，大吃起来。店里的人面面相觑，连拳馆高手都停住了，跟其他人大眼瞪小眼。

“我们老板跑路了。”健美高手终于吃完了，心满意足，也有点落寞，“我在里面的股份，压了半年的分成，全没了。

“我真傻，他让我出来兼职当会籍顾问的时候，我就该看出来了。那时候还以为自己在带团队，提振士气。这几年一直都不好招人，资金也不顺，外面的会籍顾问一开始身材都还行，后来一批一批换下来，一个不如一个，最近都是小鸡仔一样的人。我还是没看出问题来。”一身肌肉的人，遇到问题时，语气也都变成了祥林嫂那般。

坐在他身边的拳馆高手忽然伸出手，在他肩膀上拍了拍。最近健身行业好像都不好过，连路边拦住小苗推销健身卡的人都少了。拳馆高手虽然没经历过这种事，但也是满腹心酸。两个老对手之间头一次没了剑拔弩张的气氛，竟然促膝长谈起来。

两人走的时候，秋雨还没停，但萧索的气氛已经没了。两人搭着肩膀，走进了雨里。远远地，拳馆高手的话飘过来：“你还是不能这么吃，盖浇饭对你来说太油了。”

“喂，你们两个，多穿点衣服啊。”小苗终于忍不住，隔着雨帘大喊。

后来，健美高手没再出现过。拳馆高手不必再在便利店门口镇守，可是每天吃盖浇饭时，也没了当年诱人的声音。

THE SECOND CHAPTER

鱼皮花生

CONVENIENCE

2020.xx.xx

978-7-5594-5068-5

❋❋❋

欢迎光临！

¥ 9.00

单品价格

刚到本店的时候，小苗是很有雄心壮志的。

便利店就像个百宝箱，里面摆满了各种最好吃最好用或者最好玩的商品，满满当当地在那里诱惑每个进店的人。沉溺其中的人会守在货架前，挨个翻那些商品，然后说出每个商品的特性和它背后包含的东西。

最关键的是，这个百宝箱不是一成不变的。它会有售罄，有下架，也有上新，所以会给人带来失望、遗憾、惊喜等不同的情绪。在这个便利店里，你也能感受人生百态。

刚来的时候，小苗就沉溺其中，发誓要把这些商品买个遍，挨个尝试，充分利用自己近水楼台的优势。

但是，她很快就把这个誓言忘了个干净。因为一段时间过后，她就只在两三种商品之间徘徊，不再尝试其他的了。美其名曰，找到了最适合自己的。

其他人也差不多。店里那么多畅销饮料，欢哥只爱喝冰红茶和绿茶饮料；即使在深夜，店里能饱腹的东西也有很多，但程序员只吃速食面；至于店长，好像更偏爱关东煮里的笋尖。

人是很奇怪的动物，明明自己念叨着，也许会有很多更好的东西，但大多数人还是会在某个时候停下，守着第一个让自己满意的东西。要是这个东西忽然没了，即使他不得不向前走，但还是会不断怀念。

这是小苗最近回顾当初的誓言时偶然得出的感慨。她把这种行为归结为自己的惰性，并根据看过的心理学书籍里的内容，给它起了一个名字：美食印随行为。

她跟其他人强行解释："鸭子刚出生时，会跟着看到的第一个运动的物体走，不论它是不是母鸭子。在美食这事上，人其实跟小鸭子差不多，他们会对吃过的第一道美食念念不忘。要是有人端着这道美食在他们面前走过，他们估计也会跟小鸭子一样，跟着走来走去。"

欢哥嗤之以鼻："你这是跟那些老外学的坏毛病，给一个毛病起个名字，就觉得自己一下子变得清新脱俗了。"

欢哥掰扯了一通，把一切他不能理解的名词都批判了一遍。比如说"拖延症"，明明就是懒，但是起了"拖延症"这个名字之后，那些懒人可以堂而皇之地把自己归为病人那一类，像残障人士一样值得同情。

"我跟你说，那些老外，除了起名，其实啥玩意都不会。但是他们也自豪啊，我们起了名字，问题解决一半了。"

小苗听着欢哥东拉西扯，把自己费尽心思想出来的东西贬得一文不值，越听越生气。她正要发作，送货的车到了，欢哥跟着店长凑了过去，吆喝着要拿一瓶冰红茶。今天冰红茶卖得多，货柜里早空了。小苗盯着欢哥一步三摇的背影，想起自己的“小鸭子理论”，脸上没绷住，扑哧笑了一声。旁边专心吃面的程序员惊讶地抬头，不知所措。

小苗决定摆脱心里那只“小鸭子”，开发一些新的“心头好”。但是这很难。一个人一旦吃惯了某种东西，再让他去尝试新的食物，难如登天。大部分人的“勇于探索”，只不过是在原有区域内的掘地三尺。比如一个爱吃火锅的人，他做出的最大探索，是换一家新的火锅店。或者原来那家店有新的食材可以涮了，他会觉得“好开心，我的世界又开阔了”，并且很满足。

小苗不想变成那样，她要像那些书里说的那样，做一个独立、勇于开拓的女性，虽然只不过是找几样新零食而已。

但是这种事情，说起来容易，吃起来很难。毕竟零食也要花钱买，不仅要考虑好不好吃，合不合口味，还要考虑性价比。一旦发现不好吃，除了会生出尝试失败的挫败心理，还会心疼那些花掉的钱。这种双重挫败感，实在是人生的一大门槛。

小苗听说总公司那里每周都会举行试吃会。新开发的商品摆了满满一桌子，全公司的人都可以来品尝，然后给它们打分。最重要的是，这是免费的。人一旦摆脱了可能花钱失败的心理束缚，就会对眼前的零食和气很多，大多会打出理性的分数。

但是羡慕归羡慕，这对小苗来说，解不了眼前的急。

店长给她指了一条明路。便利店员工最大的一个便利之处是可以知道一个品类之中，哪种商品最畅销。从最畅销的商品下手，最稳妥。毕竟大部分人喜欢的，不会太差。

然后小苗挑中了鱼皮花生，芥末味的。开吃之前，她把那个袋子翻来覆去，怎么也想不到它畅销的点在哪里。但是把第一颗花生扔进嘴里之后，她终于体会到了其魅力所在。花生的脆和油脂香，配上外皮的焦香，芥末味拽着它们在口腔和鼻腔走上一圈，小苗感觉灵魂都被打开了天窗。

"所有好吃的，听人说没用，要吃到嘴里才能体会到它的魅力。这叫'薛定谔的美食效应'。"小苗又发明了一个名词。

欢哥撇撇嘴，刚想说话，小苗瞪了他一眼，堵住了他的嘴。欢哥只好喝一口冰红茶，美得差点翻白眼。程序员在一边默默地吃速食面，吃得眼镜起雾。而店长则惦记着刚到的笋尖，盘算着什么时候开始煮比较好。

店里一时没了其他杂音，只剩下大家咀嚼或者想念食物的声音。

这时候，一个娃娃脸的女孩走进了便利店。女孩默默转了一圈之后，蹲在零食货柜前面寻找，别的品类不看，只看花生类的。

花生是个好东西，受欢迎程度仅次于瓜子。但瓜子的做法有一定的局限性，花生则很百搭，即使是零食，也有好多种做法。因此，店里的花生零食种类还是很多的。

但那个女孩寻找了半天，并没有露出特别满意的表情，最终随便选了一种，坐在用餐区，加入了店里的品尝食物大军中。

但是女孩跟小苗他们不一样，小苗他们吃东西是在享受，而女孩吃东西时，也像在寻找什么。一颗一颗，仔细品味着，她似乎想从里面找出点什么东西。

这种寻找终于在她吃了十几颗之后，宣告失败。女孩把剩下的半包花生留在桌上，独自走进了夜色中，留下店里面面相觑的几个人。

这个人很奇怪啊，小苗他们心里想。但欢哥想的是，怎么能浪费东西呢？

不过他们只是在心里吐槽，表面很平淡。一家店开起来，必定要面对很多奇怪的人。有拿着吃完的包装袋和小票来退货的，理由是吃完发现不好吃；有借着咳嗽打开汽水瓶偷偷喝一口又放回原处的；还有闲着无聊，把便当里摆好的造型摇晃得散掉的。比起这些恶趣味的人，这位女孩只是扔了半包花生，虽然怪，但也只是怪怪的正常人罢了。

后来，小苗经常能看到这个女孩来店里，而且都是在深夜出现。她偶尔也吃些别的东西做夜宵，但零食，她只在花生里寻找。每次来，她都换一种口味的花生尝一尝，都是鱼皮花生。后来小苗他们就给她起了名字——“花生妹子”。

但每次，都是同一个结局，她在那些花生里寻找无果，独自离去，剩下半包留在桌上。

“不会是花生厂家偷偷搞什么神秘大抽奖，被她知道了，在里面找奖券吧？”欢哥仔细地看着剩下的花生包装，生怕落下什么活动细节。

“那她根本就不用吃啊，打开包装袋就知道有没有奖券了。”

“也许是裹在花生里呢？”欢哥想了想，觉得这种可能性很低。

吃完面的程序员忽然瓮声瓮气地说了一种可能：“万一是同行过来找适合的商品呢？”小苗立刻认可了这种观点，并对程序员刮目相看。只可惜他眼镜上的雾气还没退，看不到他被夸奖之后的眼神。

“花生妹子”再来的时候，小苗就像河豚一样，气鼓鼓的。要不是店长再三叮嘱，她就要说出那句经典名言“同行免进，面斥不雅”了。“花生妹子”没感觉到小苗的变化，依旧我行我素。

还是欢哥油滑，嘻嘻哈哈地问“花生妹子”是不是采购员什么的，才解开了这个谜题。“花生妹子”并不是采购员。小苗反倒为自己无缘无故的横眉冷对感到愧疚。

后来“花生妹子”几乎把店里的所有花生都试了个遍，就差芥末味的鱼皮花生了，小苗没等她挑选，就急忙忙把自己手里的递给她：“你可以尝尝我的，这个口味肯定适合你。”她自从吃了芥末味鱼皮花生之后，就没再开发新的零食领域，一直停留在那里。

“花生妹子”礼貌地拿了几颗，努力压抑着情绪，但小苗还是能看出她脸上的探寻。小苗也一脸探寻，跟其他人一样，都想知道这个口味是不是她想找的。

“小时候吃过一种叫满口香的花生，也是鱼皮花生的做法，不过表皮是疙疙瘩瘩的，有焦香味，特别好吃，吃过一次就忘不了。后来，那种花生再也吃不着了。不知道是工厂倒闭了，还是这个口味不流行了。”再次给出否定的表情之后，“花生妹子”终于说出缘由。原来她多番寻找，只是为了当初的味道。

那天之后，“花生妹子”就没来过了。因为便利店再也没有其他的花生供她寻找，直到上了新品。

新品是焦糖味的鱼皮花生，跟芥末味的出自同一厂家。上了没几天，“花生妹子”就来了。不过，这次她不是一个人来的，而是跟一个男孩一起来的。男孩很得意地向她展示，因为这是他发现的。这款花生，别的便利店都没有，而且，据男孩说，这款花生的味道非常像妹子所说的满口香。

当“花生妹子”吃下第一颗，脸上露出寻找的神色时，店里所有人都在盯着她，似乎连店里的机器都屏住了呼吸。终于，“花生妹子”脸上露出微笑，所有人都松了一口气。

众里寻他千百度，终于找到了。

“你们有没有发现，她跟那个男孩之间，有点意思？”他们走后，小苗忍不住好奇起来。刚才他们在店里的时候，男孩言行里的欢喜盖不住。

“有是有，不过是一厢情愿。”欢哥一脸看破天机的模样，面对别人不信的眼光，他道，“瞧着吧。”

事情好像没按照欢哥的剧本发展。那个男孩以前经常在白天来店里，自从那天后，便经常深夜里陪着“花生妹子”一起来，对妹子殷勤不已，而“花生妹子”的表情里也没了寻找。就是小苗有些受不了，大半夜的，还要感受恋爱的酸臭味。

不过风云难测，事情总是急转直下。某天，欢哥冲进店里，招呼他们出去看。等到他们找好位置，隐蔽起来，发现是“花生妹子”和男孩在吵架。

他们隐隐约约听了半天才搞明白。原来是男孩向“花生妹子”表白了，但“花生妹子”拒绝了他。男孩想不通，一直纠缠。“花生妹子”带着哭腔，一直推着男孩，不肯解释，只是让他走。

这场纠缠持续了很久，久到连围观的人都疲惫不堪。男孩终于走了，他们只能就着路灯的光看到男孩的背影，看不到他脸上的泪痕。

“花生妹子”在路灯下站了很久才进到店里，又买了一包焦糖味的鱼皮花生。她只吃了几颗，忽然掉了几颗眼泪，默默放下了花生。

“我刚上大学的时候，有个学长送了一包满口香给我。虽然大家都有，可是我忘不了那个味道。”

此后很长一段时间，“花生妹子”都没出现，再出现时，已经是一年以后了。她脸上没有了寻找的表情，隐隐约约中只剩下两个字：等待。

原来她遇到了当年那个学长，对方事业有成。她甚至在他的公司任职，两人成了直接的上下属关系。这似乎应该是每个爱情故事的结局。不过就在两人即将突破普通同事的线时，她却逃了回来。

“我找到那家满口香了，工厂还活着，还是原来的味道，只不过……”“花生妹子”脸上没有遗憾，只是平淡，“也许是我自己骗了自己，我不是怀念味道，只是怀念感觉。”

为了庆祝她回来，小苗给她推销新的产品，自她走后，店里花生换了很多种。不过“花生妹子”都拒绝了，只拿了焦糖味的鱼皮花生，默默地吃着。

后来，听人说她经常在白天来便利店，像是在等什么。

“人真奇怪，为什么总喜欢在原地打转呢？”小苗嚼着芥末味的鱼皮花生说道。

THE SECOND CHAPTER

脆骨鸡丸串

CONVENIENCE

2020.xx.xx

978-7-5594-5068-5

欢迎光临！

¥ 9.90

单品价格

小苗发现自己越来越讨厌被人问年龄。

这种事是有个分水岭的。在某个时间之前，小苗非常坦诚，甚至十分热情地宣告自己的年龄，有时候为了某些目的，甚至会在真实年龄上加个几岁。但是在某个时间之后，情况就截然相反了。

那个分水岭并不像山峰一样，从这边到那边需要漫长的改变期，而是像个非常薄、非常不显眼的界限，忽然，毫无征兆地就跨过去了。就像微波炉的计时器，叮一声响起，从那之后，人的脑子里就画满了警戒线，虽然脸上没有标识，但如果有人贸然问年龄，就会显得很讨厌了。

对一般人来说，都会理解地笑笑，慢慢退到警戒线之外。但对于欢哥之类的人，会用各种方式在线的附近试探，比如，他们会问："是从哪个时间开始不能问年龄的呀？"

这时候小苗就会翻翻白眼，哼一声："十六，怎样？"

不过她发现，这种情绪也并不只女孩子有。不知道什么时候开始，这个界限就模糊不清了，不被问年龄，也成了男人的社交防线，中年男人尤其明显。连欢哥也受了传染，到了这个时候就开始嘻嘻哈哈。

“谁记得那个，总不能天天带着身份证算吧？”

欢哥毕竟属于特例，一般的中年男人，大多会虚报一下年龄，跟他们年少时装成熟一样，不过是反过来，说少一点。快五十的说四十出头，四十出头的说三十奔四十。

不过到了这个时候，口头上的虚报有点苍白无力，毕竟外在的形态太过明显，容易被小苗、欢哥这种心直口快的当面戳破。所以他们都会选择用更加好的方式，比如健身，这个好像比较难，做美容之类的又显得不够男人，剩下的手段只有植发、染发了。

小苗不禁啧啧称奇，觉得中年男人真可怜，又要维持成熟稳重的样子，又要尽力显得年轻。这样一看，欢哥属于比较坦诚的，虽然有点自暴自弃的成分，但也算可爱了。

除欢哥之外，最近店里又多了一位中年男人，也如此坦诚或者自暴自弃。他总在深夜出现，穿着整齐的工作装，只在进到店里坐下后，才会放肆地把外套脱了，将之搭在椅子上。

工作装是唯一能体现他工整的地方了，其他方面，可以说是非常随意。他头发虽然整齐，没有一般中年男人的地中海和发际线后退的情况，但也能清楚地看到他头顶的稀疏。他虽然脸很干净，但眼袋很重，看得出是经常熬夜加班造成的。他不胖不瘦，可将军肚已经开始显现了。

不过他对这些并不在意，依旧在深夜加班结束的时候犒劳自己。除了其他的东西，他有一样是每次必点的，那就是脆骨鸡丸串。

脆骨鸡丸串绝对是本店的王牌单品，曾经出过照烧、焦香等口味，无论口味怎么变化，它始终稳坐畅销宝座。到店之前，它已经是半成品，只需要裹上料汁，按照操作表加热一下就好。鸡肉丸弹性十足、汁水丰沛，配着外面裹的料汁，口感十分好。

最重要的是，它名字的前面两个字：脆骨。鸡肉丸的深处，裹着几颗脆骨粒，嚼起来会有清脆的咯噔声。这种脆和肉丸的绵密搭配起来，显得又稳重又有活力。

至于这个中年男人吃脆骨鸡丸串是什么感觉，无人得知，小苗只知道，他对脆骨鸡丸串的要求很特殊，一定要烫。

最近放脆骨鸡丸串的橱柜换了冷柜，因为是夏天，一直放热柜里会影响口感，所以店里临时改换了售卖方式。等客人结账之后，再放进微波炉里加热，这样才会保持最佳口感。

本店的微波炉是放在收银台里面的，所有食物的加热都需要店员来操作。别人对食物的加热一般没什么特别意见，但这个中年男人却是格外麻烦，让小苗很头疼。

“不够热。”

这是他刚开始来本店时说得最多的话。脆骨鸡丸串加热完之后，他都会伸手摸一摸，然后让小苗继续回炉加热，要是还不满意，就会再说一句“不够热”，直到脆骨鸡丸串被加热到滚烫为止。

到此时，他才会举着热气腾腾的鸡丸串，冲到桌前，伴随着“嘶哈嘶哈”的烫口声，大快朵颐。

久而久之，小苗、店长，甚至欢哥都知道了他的脾性，他也因此得了一个名字——“不够热”。每当他进到店里，欢哥都会向小苗使个眼色，意思是“那‘不够热’来了”。

“不够热”在附近一家贸易公司工作，第一次来本店时，正是他升职为经理的时候。工作量暴增，经常要加班到深夜，所以才成了店里的常客。除了对脆骨鸡丸串有些执着，他在其他方面还是很正常的，尤其在人际交往方面，很快就跟店里其他人混熟了。

“看，这是我女儿，马上上高中了。”“不够热”指着手机里的一张照片，跟所有人炫耀。不过大家都是顺口称赞几句，没人往下深聊，毕竟店里大部分人都是没家庭的。

不过有相似经历的欢哥也没跟他聊很多，这让小苗感觉很奇怪。她经常看到“不够热”跟店长和欢哥一块蹲在店门口抽烟，按理说应该很有得聊才对。

“不给劲。”欢哥如此评价。“不够热”抽的烟，连欢哥这种来者不拒的铁公鸡也觉得太平淡无味。

“那不挺好吗？抽烟也要注意养生啊。”

“抽烟本来就是放纵，这还养生，活得多没意思啊。”

话说回来，好像三人一起出去抽烟时，连店长也不怎么抽“不够热”的烟，只抽自己的。时间长了，小苗也发现，“不够热”的生活也跟他的烟一样，四平八稳，没有一点新意。脆骨鸡丸串大约是他唯一的热血了。

小苗私下说起这个发现，店长说这才是人到中年的常态，稳定是生活的主题，只有小孩子才天天求刺激。“不够热”刚刚当上经理，算是事业有成，家庭也美满，也许往后的人生就在这一条路上走了。刺激和变化，都是很忌讳的名词。人人都求一帆风顺，但一帆风顺也意味着平稳乏味，看自己如何取舍了。

虽然店长很认同“不够热”的生活态度，但还是不肯抽他的烟。大概是“不够热”太过一帆风顺了。

就这样一帆风顺了半年多，某一天，“不够热”再进到本店时，身后跟着一个活力四射的工装女孩子，叽叽喳喳地跟他聊得火热。

“脆骨鸡丸串怎么能吃热的呢？凉的才好吃啊。”女孩子对他的夜宵也发表了评论，并且极力推荐自己的吃法，“试试看，我都是凉着吃的。”

“不够热”第一次没让人加热脆骨鸡丸串，跟女孩子一人拿着一个冷串，边吃边聊，一直聊到凌晨两点，女孩子才打车离去。

目送女孩子离开之后，“不够热”在门口甩了几下胳膊，挺胸抬头地走回店里，要了一包跟平时截然不同的烟，那种烟据欢哥说，最给劲。

虽然被呛得一路咳嗽，但“不够热”还是一路抽着烟走进夜色里，像少年一样不时甩着手。

“怎么个情况？”欢哥刚进来就一脸好奇。“不够热”和女孩子进来的时候他去跑车了，刚才热聊的一段没看到，“是他女儿？”

“他女儿刚上高中呢，这个女孩子都工作了。不会是女下属什么的吧？婚内出轨，还利用职务之便调戏女下属？”小苗编了一场大戏。

欢哥一副“真给劲”的表情，想不到一帆风顺的“不够热”还有这种花花肠子。

从那之后，经常能看到“不够热”跟女孩子一起出现，偶尔他自己来店里，也不再加热脆骨鸡丸串，只吃冷的，还特意把里面的脆骨嚼得声声清脆。不仅如此，他还不知不觉地做了植发。某天他买烟的时候，离小苗有点近，小苗能闻到他身上些微的古龙水味道，以前绝对没有的。甚至店里人还看到过他带着装运动衣的袋子。“不够热”竟然开始健身了。

“我问过了，不是女下属。”自从“不够热”换了烟，欢哥也开始跟他搭话了，当然主要目的是探听八卦，“是供应商公司跟他对接的销售员。瞧他这样，八成是动心了。”

“不够热”的动心确实很明显，除了外形的变化，就是加班的增多。大部分的加班，都是跟女孩子在便利店深夜畅聊，而且时间越来越长。“不够热”似乎有说不完的话题，能够一直拉着女孩子聊。女孩子困到睡眼蒙眬，趴到桌子上，也一直含着笑看着他。收获了这样的注视，“不够热”更加振奋，聊的时间更长了。

“什么嘛，哪有这么谈恋爱的？感觉到了就表白，不到就拜拜，哪有一直拉着人聊天，不让人睡觉的？”小苗都看不下去了。

“老男人谈恋爱和年轻人是不一样的。”欢哥又开始分析，“年轻人谈恋爱，就像小孩子扑蝴蝶，胜在精力旺盛，又没见过世面，觉得所有的蝴蝶都好看。扑得用力，但是一下子扑不中，就换其他蝴蝶了。老男人眼界高了，但没那么多精力，所以谈恋爱像熬鹰，看准了就不能撒手，也许下半辈子只能遇到这一个了。他跟年轻人比，就胜在阅历足，可以用自己的见识来吸引女孩子。好用是好用，就是耗时间。”

店长大致同意欢哥的观点，不过有一点不一样，他觉得无论年龄大小，每个男人谈恋爱时，都像回到了少年。恋爱本身就是一种冲动，没有少年心是谈不成恋爱的。

“但是，他不是家庭美满吗？怎么还有这种冲动？”

“你听他说过他老婆吗？”听欢哥这么一说，小苗回想了一下，果然没有。

欢哥道：“所以嘛，冲动就是这么来的。”

不过，“不够热”这次冲动得有点过头。一般的老男人谈恋爱，大多是抱着包养情人的心态，既不触及家庭，也能享受恋爱的感觉。但那个女孩子脑子清楚，无论“不够热”怎么熬鹰，怎么明里暗里地表白，她只咬死了一条，要见到离婚证才肯跟他在一起。

于是，某一天两人再次聊天时，“不够热”掏出了离婚证，上面的钢印还新鲜热乎呢。

那天，店里充满了甜蜜的气氛。女孩子终于松了口，“不够热”的熬鹰战术也终于收尾，两人手拉着手出了店门。

“真肯下血本呀。”欢哥感慨。

“你懂什么？这叫真爱。”小苗反驳。

这种真爱狠狠地持续了一段时间，小苗他们没亲眼见到，只能靠想象和欢哥的小道消息，毕竟谈恋爱这种事，不能总在便利店里。

不过这段时间过去以后，味道就有点变了，就像一直放在热柜里的脆骨鸡丸串。

这次是女孩子一个人来到店里，露出一脸烦恼，“不够热”反而没来。

小苗和欢哥旁敲侧击，终于从女孩子那里问出点头绪来。女孩子本来准备好了经营爱情，“不够热”却有点畏缩，说觉得两人之间相差太大，要重新考虑一下两人之间的感情。无论女孩子如何愤怒，“不够热”也只是用这番话应付。

“不够热”再来本店的时候，明显畏畏缩缩，像在躲着所有人似的。之前他身上所有的少年态，植发、健身等，都失去了痕迹，如同回光返照的光辉一样消失了。就连脆骨鸡丸串，他也重新吃回了热的，但也没了“要吃滚烫”的那种心气。小苗给他加热到滚烫，他放了好一会儿才默默地吃起来。

“女儿来找我了，把我骂了一通。”他眼角的皱纹更明显了，“也是，她……跟我女儿差不多大。身边的亲戚朋友都笑话我，说我老牛吃嫩草。我顶头上司也看出点苗头，三番五次地敲打我，让我注意点影响。”

小苗看了一眼店长，忽然觉得他的话点中了本质。“不够热”的这场恋爱，要想进行下去，确实要有少年的冲劲。因为这意味着他不仅要抛弃所有的一切，重新开始，还要面对建立了四五十年的人生的颠覆，面对所有人的指责，乃至他们玩味的目光。

人在嚼脆骨鸡丸串的时候，觉得它的口感非常脆；自己面对被嚼的命运时，才知道那种滋味是什么样子的。这时候还能保持硬脆的内心，难上加难。

“那他俩到底该怎么办啊？”小苗看着“不够热”默默坐着的背影，不禁替他人操心。

店长让她赶紧补货，别操心没用的，但闹不过她一直追问，便说出了自己的看法，但在小苗听来，算是没说。他觉得，这种情况下，无论是抛弃一切追求爱情，还是回归原来的生活，都是对的。成年人的爱情会权衡轻重，小孩子才会不管不顾。

小苗见过很多朋友失恋，他们的眼泪跟自来水一样，肆意喷涌。但“不够热”就那么默默地坐着，一直到天明。

后来，他再也没来过店里，小苗很想知道的后来的事，只能从欢哥的小道消息里听取。

“听说正在求复婚呢。”欢哥道。

“怎么还得求？”

“废话，你以为复婚比恋爱容易啊？女人无论什么岁数，谈恋爱都是很谨慎的。”

小苗从此再也没见有人吃滚烫的脆骨鸡丸串了，不过脆骨鸡丸串依旧是便利店的畅销之王，吃的人大多是中年男人呢。

THE SECOND CHAPTER

薄荷香烟

CONVENIENCE

2020.xx.xx

978-7-5594-5068-5

欢迎光临！

¥ 10.90

单品价格

店里是绝对禁烟的。

市政府的禁令加上小苗的大义凛然，连老烟枪欢哥也只能抽完烟再进来，有时候吃着饭烟瘾犯了，只能撂下筷子，跟店长一起在门口坐着，吞云吐雾之后才回来继续吃。

人跟人是完全不一样的。有人在有光的地方会觉得温暖，待在店里就足够了。但有的人一定要靠烟这种东西，才能提振精神，抽完之后才觉得生活可以继续，才能抛开一切烦恼。

小苗不能理解抽烟之人的烦恼，她曾经在十五岁的时候，在一个很嚣张的女同学的怂恿下抽了一口烟，头晕了半天，感觉像妈妈跟她说过的孕吐反应，并没有感觉很开心。从此她发誓不再抽烟，也不接近抽烟的人。

人总是用标签衡量别人，用这个来评判此人是否可交往。小苗大学毕业之后，就发现这个想法有多么蠢，人怎么能用一个单词来形容呢？欢哥和店长都抽烟，但他俩绝对不是一类人，欢哥是个典型的黑车司机，古今中外天文地理都能侃，但店长却沉默如山。单从抽烟这一项上，看不出来他们是什么人。

不过真的有人像标签一样好分辨。阮叶就是这样的人。

阮叶第一次来店里的时候，让小苗着实心惊肉跳了一回。那段时间小苗正闲极无聊，手机上的游戏玩腻了，顺手从办公室里拿了本书看。书的名字她很熟悉，叫《胭脂扣》，这也是她挑这本书的主要原因。她曾经看过这部电影，为主角的命运流了几升眼泪，因此对书也有了好感。

哪知道完全不是那么回事，电影好看，但文字实在考验小苗为数不多的文学素养。小苗看得直皱眉，没多久就放下了书。这时候才发觉，店里忽然冷飕飕的，冻得她打了个哆嗦。

这时候，阮叶进来了。

她打扮得很精致，穿一身缎子面的旗袍，头发一丝不苟地绾成髻子。虽然已经是晚上十一点，脸上的妆容却一如初化，淡淡地勾勒出本就精致的五官。一尘不染的高跟鞋让她本来就高挑的身材显得更加修长。她腿上保守地裹着肉色丝袜，旗袍开衩处，却隐隐约约显露着春光。

她虽然没烫大波浪，但这打扮和气质，完全就是《胭脂扣》里的女主角。小苗觉得店里更冷了，因为她哆嗦得更厉害了。她瞥了一眼店长和欢哥等人，发现他们也在摩擦胳膊，心里更是有点毛：书里那个女鬼跑出来了?

就算是鬼，也是一个贵妇鬼，大门大户出来的那种。但阮叶在店里的表现，让小苗他们都有些吃惊。她在店里转了很久，盯着货架上的货物，一件一件地扫过去，那神情，比店长清点货物的时候还认真。

店里最显眼的货架上，摆着做活动的小黄人玩偶。阮叶走到那个地方时，小苗心想她肯定会一掠而过，但阮叶却出乎意料地拿在手里，又是蹭又是摸，把玩了好久。

她好像对每一件东西都很感兴趣，小苗心里更毛了，这样子，肯定是在“那边”时间长了，没见过这边的物件。

阮叶在店里转了很久，小苗也哆嗦了很久。就在小苗在心里祈求，自己只要保持不动，大概她就不会过来的时候，她径直向着小苗走了过去。

“我们这里不贴寻人启事。”一句简单的话，小苗说了三遍才说利索，她的牙也在哆嗦。果然是离得越近，冷得越厉害啊。

阮叶愣了一下，压根不明白这话的意思。不过她下意识地挺了一下身体，倒是显得胸前曲线优美。还是个曲线那么好的女鬼啊，小苗心里嘀咕着，下意识双手抱在胸前，省得输得太惨。

“寿百年，薄荷。”

她的声音非常好听，自带一种慵懒的气质，话语里却有种天然的高贵。她也像小苗一样，把双手交叉放在胸前，却让胸前的曲线更加明显了。

小苗说不清现在是嫉妒还是害怕，愣了好久，才明白她要的是什么。她心想下边来的，不能怠慢，赶紧拿了东西赶紧送走，便哆嗦着从收银台后的柜台里，拿了一盒绿色扁盒的香烟出来。

阮叶接过烟，娴熟地拆开，抽了一支出来，夹在手上。这烟名叫“寿百年”，名字非常老土，而且是英国产的老式烤烟，由内到外土到极点。尤其是烟嘴用的金色，烟身用的黑色，被小苗吐槽很久，简直就是老派暴发户抽的。

但这烟夹在阮叶手上，却一点违和感也没有。烟与人的时代感，非常契合地搭在一起，给人一种雍容华贵的感觉。小苗一看这个姿态，瞬间确定了,《胭脂扣》里的女主角原型肯定是她。

阮叶顺便在收银台旁边拿了一个打火机，要把火苗凑在香烟上时，小苗心中忽然涌上一股正气，压倒了一切：“对不起，这里不能抽烟。”

就算真的是女鬼，也不能破坏规矩啊。

像是被小苗的正气压住了，阮叶惊愕了一下，环顾四周，见店中人都在注视着她，虽然这种注视不带责备，但还是让她感觉一阵慌乱。小苗心里一阵欢呼，马上要把“这位”送走了。

等阮叶掏钱的时候，小苗却发现对方什么也没带。小苗瞬间发现自己陷入了一个尴尬的境地，要是强行要账，恐怕会惹出什么不得了的事来；要是就这么算了，也绝对不行，开了这个头，别说以后“下边”上来的那些，就连欢哥也会整天赖着。小苗感觉更冷了，“这位”难道送不走了吗?

阮叶好像也很窘迫，俨然一个从来没出过门的大小姐。就在这个尴尬到冰点的时候，店长忽然一拍脑袋，冲到空调开关那里把空调关了。

店里的气氛一下子缓和了，小苗瞬间不哆嗦了。这时候她才想起来，原来是店里的空调坏了，冷气温度过低，上白班的同事一再叮嘱别开空调，但是欢哥来了之后喊热，顺手给打开了，这才造成了刚才的冷气森森。

这时候再看阮叶，虽然还是风韵十足，但“光环”没有了，就正常得不能再正常了。小苗心里松了一口气，可发现两人还是陷在那个尴尬的境地里，没钱，但香烟已经拆封了。

最终店长出来救了两人，让阮叶下次再付钱。小苗得救了，紧紧抱在胸前的双手终于松了下来。她心想要是一般人遇到这种局面，一定是千恩万谢，然后抱头鼠窜，第二天一大早就把钱送来。

不过阮叶虽然不是《胭脂扣》里女主角的原型，但也并不是她想象中的一般人，面对店长的好意，她只是礼貌性地点点头，漫不经心地拈着香烟，径直走到用餐区坐下。走路时带起的高跟鞋嗒嗒声还未消退，她再次打着了打火机，一阵薄荷的清凉香气飘过，香烟被点燃了。

这一幕很像老上海路边张贴的香烟广告，一个身穿旗袍的时髦女郎夹着点燃的香烟，烟雾摇曳，美人生姿。

小苗却没有欣赏的心思，她胸前的双手又收紧了，这是生气的表现。刚才阮叶面对店长的好意表现冷漠已经让她不爽，现在公然在店里吸烟，简直就是挑战她的权威。小苗径直走上前，尽量抱着胳膊，下意识凸显自己的曲线。倒不是为了跟对方比什么，而是这个姿势显得壮。

“这里不能抽烟。”

阮叶惊愕地看着她，又环顾了一下四周。对面欢哥在两个女人的注视下，把自己手边放着的香烟盒默默地收到衣服口袋里。

“真的不能在这里抽吗？”阮叶祈求似的看着小苗。

得到小苗坚定的回答之后，阮叶走向店外，却没有离开。她跟欢哥和店长一样，站在店门口的灯光里，轻柔地抽着烟。

现在已经开始入秋，屋里虽然存着热气，但外面的风已经非常凉了，店门口又是个招风的地方，可阮叶却一直站在那里，仿佛贪恋灯光的温暖。抽完烟之后，她再次回到店里，坐在用餐区，并不点什么吃的，只在那里摆弄打火机和烟盒。

她这番坦然自若，倒让小苗觉得尴尬，可她是完全按照小苗的要求做的，店里也没规定客人不能坐在用餐区，小苗再也说不出什么。小苗越是说不出什么，越是感觉尴尬。

好在阮叶坐到十二点一刻就离开了。她离开之后，店里的人都松了一口气，仿佛刚才被一种温柔而有力的气场笼罩着。

大家都以为阮叶不会再来了，她应该属于那种昙花一现的人物。但她在给完上次的烟钱之后，每周都会来，依旧打扮得精致无比。虽然她哪天来不一定，但每次来一定是在晚上十一点，雷打不动地买一盒寿百年，在门口抽完再坐一会儿，然后飘然离去。

店里的人逐渐习惯了阮叶的存在，看惯了她的妆容，也就见怪不怪。都说美女不易亲近，但众人跟她说话时，却发现她十分愿意跟人说话，像沙漠中的旅人期待水一样，渴求每一次谈话。虽然她说话时语气总是淡淡的，但脸上的表情遮掩不住。

小苗也放下了当初的尴尬，跟阮叶接近起来。女孩子天生容易互相接近，从陌生到熟识也许就一刻钟。但阮叶到外面抽烟的时候，小苗从来不出去。阮叶也从不跟店长和欢哥他们一起抽烟，就那么一个人孤零零地站在外面。小苗闻着门口飘过来的薄荷味道，感觉到一种孤独的味道。

跟小苗一样，很多人好奇阮叶是做什么的。但是她不说，也没人好意思问。一次欢哥忍不住，笑嘻嘻地问了。阮叶倒很坦然，说自己不上班，男朋友疼惜她，让她住在家里，什么活也不用干。不过男朋友经常出差或是应酬，她自己一个人在家，没人陪伴，所以才想出来沾沾人气。

小苗感慨阮叶和她男朋友的甜蜜爱情，旁边的欢哥却不以为然。

“就是情人呗。看那个状态，肯定是被人包养了。一般的人哪有天天穿旗袍的？肯定是某个大老板好这一口。”某次阮叶不在，欢哥猜测道。

后来这话被阮叶知道了，把欢哥狠狠地骂了一顿。所谓的“狠狠”，对阮叶来说，也就是比平时说话时的语气稍微重了一些，按小苗平时骂人的语气，这只是大声说话而已。不过阮叶的神情倒是非常严肃，让平时嬉皮笑脸的欢哥也低下了头，这让小苗很开心，能治治他也好。

后来有一天，阮叶再次来到店里。她一反平时的精致，旗袍领子被人扯开了，头发也被人扯散，脸上隐隐有指印。

“被人赶出来了。”平息了店中人要为她报仇的想法之后，阮叶终于道出实情，“原来他真的有老婆。”

阮叶坐在用餐区用力忍着，但眼泪化成雾气，打湿了眼睛。她下意识地抽出烟，想把心里的情绪熏走，却想起店里不能抽烟，叹了一口气，把黑金色的烟卷折成两半。

小苗给她找了一件外套披着，陪着她走到门口，给她点上烟。规矩虽然不能变，有些事却是可以变的。

欢哥和店长也出来了，他们对这种事很没辙，只能闷头蹲在旁边抽烟。四个人就这样蹲在门口，背上铺着店里的灯光，愣愣地看着凉凉的夜色。

“说起来也奇怪，我以前谈过的男朋友，不是有家室的，就是有女朋友的。每次都是我最后一个知道。看别的女人，都能成功上位，到我的时候，只能是我默默离开。那些说爱我的人，没有一个替我说话的。这次也是，他把我养在屋子里，就是养一只金丝雀，想起来了就过来一趟。我还以为他是真的忙，每天等他等到晚上。”

“男人没一个好东西。”小苗愤愤不平地瞪着店长和欢哥，那两人仍在吞云吐雾。

“你大概是有吸引坏男人的体质。以后找人就要小心着点了，看清他的真面目再点头。”欢哥这次说话小心翼翼的。

阮叶摇摇头，薄荷香烟的味道虽然很轻，终究还是把眼泪熏出来了：“真的爱上的时候，就会不管不顾，自动屏蔽掉他不好的方面。我这样的性格，有人用爱情的名义骗我，我永远防不住。”

小苗再一次见到阮叶，是一个月以后。她还是在十一点来到店里，不过这次穿着一身职业装，化着干练的妆。她已经开始自力更生，变成了一个白领。

境遇变了，人的口味大概也会变。小苗熟练地递给她寿百年，她却摆手不要了，只点了几份关东煮，就着店里的灯光慢慢吃着。

阮叶有了变化，最高兴的是小苗。她想，这样的话，阮叶大概能离坏男人远点。

不过这种情况持续不长，过了三个月，阮叶又开始抽寿百年。虽然还是穿着职业装，但阮叶脸上的妆容又开始往《胭脂扣》女主角的风格上走，因为她爱上了公司里的主管。抽寿百年大概是她进入恋爱的标志。

“这次不会又是有妇之夫了吧？”店里人私下讨论。

小苗也觉得阮叶的恋情开始得太快了，有再次入坑的嫌疑。但她跟阮叶说时，阮叶却一脸淡然：“我没法选择他是什么样子的，只能管自己，用力爱就行了。受伤就受伤吧。”

说这话的时候，阮叶依旧在抽烟，样子真的优雅得让小苗心动。

后来小苗自己偷偷尝了一口寿百年，立刻被呛得眼泪直流。有些事，模仿不来。

THE SECOND CHAPTER

咖喱鸡肉饭

CONVENIENCE

2020.xx.xx

978-7-5594-5068-5

欢迎光临！

¥ 11.80

单品价格

“喜欢”这个词，需要有个期限加在上面，人才会觉得它珍贵。

以前小苗不懂，认为喜欢就是喜欢，当她宣示这种喜欢时，似乎就确定了这个事实。后来她才发现不是的。能说出口的东西都太薄了，像一把尺子的侧面，需要一定的长度，才能被人看见，才能证明“喜欢”的分量。

那到底需要多长呢？小苗也不知道。

最短的尺子有十厘米，“喜欢”要有多长，才能被定义为“喜欢”呢？这是个恒久不变的难题。

就像店里的商品，能在货架上出现的，都是畅销商品。可是“畅销”这个词，也是有时限的。夏天卖得很好的冰激凌，到了冬天就要被下架。雨伞到了晴天就要被放到仓库里。这是季节给予的考验。

更多的是来自时间的考验。有些商品一段时间内卖得火爆，但过了这段时间，逐渐无人问津。到那个时候，这件商品就会被下架，再也不会出现在顾客的眼前。

只有那些在时间里屹立不倒，始终摆在货架上，甚至不必是黄金位的商品，才会被证明是畅销商品。

可口可乐、雪碧之类的饮料，早已经证明了自己是当之无愧的畅销之王。关东煮锅里的海带、魔芋丝、白萝卜、鸡蛋等，也在坚守着自己的位置。这是第一梯队，它们的位置不可撼动。

咖喱鸡肉饭属于第二梯队。不过不要小瞧这个第二梯队，咖喱鸡肉饭用很长的时间证明了人们对自己的喜欢，在盒饭类商品里，始终处于销售榜前列。

咖喱、鸡肉、米饭，都是百搭的食物，配什么东西都会好吃。尤其是咖喱，可以把很多食物化在里面，变成它的一部分。必不可少的是土豆，炖煮到完全融化，咖喱就会获得奇特的口感，这是它让人无法拒绝的主要原因。

至于洋葱、胡萝卜等辅料，看个人口味添加，各取所需。听说有人会在里面加尖椒，这样吃起来就会有清新的辣味。一样的咖喱，一万种人能做出一万种味道。

不过店里卖的只能是一种味道——中央厨房大厨的味道。不是很私人，但一定是符合大部分人口味的。做好的咖喱要经得起冷藏、运输，虽然冷着也好吃，但还是要在加热的第一时间，能散发出浓郁厚重的味道。这时候再把咖喱浇在米饭上，美味就诞生了。

至于鸡肉，本店目前的版本比较特殊——鸡肉撕成条之后，裹上面糊炸一下，吃的时候拌在咖喱里面。这起初让小苗吐槽了很长一段时间：“这哪里是鸡肉？就是炸鸡条嘛，应该叫咖喱炸鸡条饭。”

之所以这么吐槽，是因为以前的咖喱鸡肉饭里的鸡肉都是大块头，要么煮在咖喱里，要么做成炸鸡，然后再切成不大不小的块，艺名叫作唐扬鸡块。

“那样吃得才爽啊。”小苗很向往。

店长听了小苗的牢骚，没说话，第二天买了其他店的咖喱鸡肉饭，跟本店的摆在一起品尝。小苗尝完之后，不唠叨了。

其他店的咖喱鸡肉饭，重点在鸡肉，而且咖喱比较清淡，有日式的感觉，拌着米饭吃难免不满足，所以把鸡肉做得惊艳无比。但本店的咖喱鸡肉饭，重点在咖喱和米饭，咖喱做得稍显浓郁，符合国内顾客的口味，拌着米饭吃恰到好处，鸡肉反而成了配菜，自然就不需要做成大块头。

一种咖喱，千万种变化。本店的咖喱也只是其中一种，小苗心里嘟囔着，勉强接受了它。

欢哥在品尝的时候就蹭了好几口，现在见他们尝完，嬉皮笑脸地凑上来，把剩下的咖喱鸡肉饭收入囊中："这能吃好几顿呢。"说完他居然有点过意不去，讪讪地分给旁边的程序员。后者晃着脑袋，继续吃自己的速食面。

阮叶瞧不上这个，拉着小苗出去抽烟聊天。她刚谈上的那个公司主管又是个有妇之夫，居然还是隐婚。两人感情破裂，小苗成了最好的倾诉对象。

这时候，“咖喱饭”来了。

喜欢能持续多久，别人也许不好证明，但“咖喱饭”可以。他的名字也是从这个而来。

一般来说，一个人喜欢吃某种饭菜，就需要付诸行动，付出时间、精力。一直吃？不，不会，即使再喜欢，也不会天天都吃。也就是隔几天吃一次，已经是一般人喜欢的最高程度了。简而言之，一般人喜欢某种食物，就是吃它的频率比较高而已。真要一直吃的话，会腻。

但是，会腻的喜欢，叫什么喜欢？

“咖喱饭”不是一般人。不仅因为他是个自由职业者，被小苗他们戏称为“作家”，每天待在家里赚钱，白天睡觉，晚上工作、活动，半夜出来吃一顿正餐，相当于正常人的午饭，还因为从他现身以来，就一直吃咖喱鸡肉饭。

一直，就是从未变过的意思。配菜也许会有变化，关东煮、黄金琵琶腿、辣萝卜等，但主食一定是咖喱鸡肉饭。每天，风雨无阻，他从来没变过。

“他都不会腻的吗？”小苗跟其他人嘀咕。要是让她一直吃一种食物，即使另外两餐有变化，她也坚持不了几天，吃到第三天她就会吐的。

但“咖喱饭”吃了好几个月。每天半夜，盒饭上新了之后，他就会拿第一份，在微波炉里热上一分钟，然后津津有味地吃起来。因为是半夜，几乎没人跟他抢这个“第一”。

大概作家都是内心世界丰富、现实世界寡淡的人，“咖喱饭”话很少，除了必要的话，没听过他说别的。所以小苗他们也没法知道他为什么要一直吃咖喱鸡肉饭，只能靠猜测。

“大概是味觉失灵，吃什么都一样。”阮叶猜测，“好惨一男的。”明明是她将人家想得惨。

“我知道我知道，大概是这里的咖喱鸡肉饭的味道特别，让他想起了他逝去的爱人，所以他用吃咖喱饭的方式来纪念她。”小苗满怀深情地说完，隐隐觉得这个逻辑有点问题，不知道该不该把中央厨房主厨的联系方式给“咖喱饭”。

欢哥跟小苗和店长反复确认，最近有没有“吃咖喱鸡肉饭，抽大奖”的活动，是不是没提前通知他？确定没有之后，他意兴阑珊，要是不能请自己吃一份的话，别人吃啥对他没吸引力。

程序员倒是闷闷地解释了几句，不过小苗他们听在耳朵里，跟天书一样，只剩下“剃刀理论”“博弈”“最简单的就是最合理的”之类的。但是听到“博弈”，欢哥兴奋起来，开始跟他们打赌，猜猜“咖喱饭”能坚持多少天，最接近的那个人赢。

从那以后，每次只吃一种饭这种无聊的事，变成了本店最刺激的事。“咖喱饭”每次来店里，总有大大小小几双眼睛盯着他的手。那是一双翻云覆雨的手，牵动着上百元的利益。

很快，“咖喱饭”坚持的天数就超过了欢哥猜的数字，向着阮叶的数字奔去。小苗虽然自己吃不了那么久，但还是很看好这个男人的毅力，所以猜了个自己都不敢想的数字。

寡淡如“咖喱饭”，也能感受到店里的诡异氛围了。毕竟每次买盒饭，都被人盯着，不是什么好感觉。他终于忍不住问了一下，这让搞小动作的几个人很难为情。

欢哥脸皮厚，东拉西扯，给“咖喱饭”推荐其他的食物，劝他换换口味之余，顺嘴问他为什么一直吃咖喱鸡肉饭。

“这样简单啊，省得每天花时间想吃什么了。”

居然是这个理由，小苗他们面面相觑，一脸不可思议。这样的话，未免生活得太潦草了。后面的程序员一脸兴奋，好像猜对了答案一般，只是没人注意到他。

一般人被人戳破一件事之后，无论这件事是有意还是无意，大概率就会放弃了，但是“咖喱饭”不是一般人，他还在吃着咖喱鸡肉饭，我行我素，不被其他人打扰。眼看那数字离欢哥越来越远，离阮叶越来越近了。

某天，恰好是欢哥和阮叶输赢的临界点，过了这天“咖喱饭”再放弃，就是阮叶赢。所以他一进店，欢哥就摆出一副推销员的表情，差一点他就开口推销了。毕竟在店里这么久，店长和小苗他们的推销话术他还是学了不少。

阮叶无所谓，小苗却死死地钉住欢哥，不给他一丝一毫的机会。她可是太了解欢哥了，见缝插针对黑车司机来说是家常便饭。

店里的气氛一时间变得压抑。但“咖喱饭”竟然没发觉这种变化，反而有些反常。往常进到店里，他都是直奔冷藏柜，直接拿下一盒咖喱鸡肉饭，然后顶多在买配菜的时候犹豫一下，就搞定了这一餐。

但是今天，他居然在冷藏柜前彷徨了很久，完全不知道要吃什么的样子，犹豫到最后，挑了一份葱油拌面，匆匆结了账。

一直到“咖喱饭”吃完面，小苗和阮叶还不肯相信是她们输了。欢哥得意扬扬地把收款码在她们面前晃来晃去，特意给她们听钱到账的声音：“这几天的烟钱有了。”

他哪里有什么烟钱，每次不都是蹭别人的吗？小苗心有不甘地瞪着他。

直到此时，“咖喱饭”才知道这个关于他的赌局。对于小苗她们的损失，他感到很不好意思：“早知道我就多吃几天了。”

“那为什么突然就不吃了呢？”

“咖喱饭”挠了挠头，今天正好是他每个洗头周期的最后一天，头油把头发抹得发亮。“最近跟一个女孩很聊得来……”

“谈恋爱跟吃饭有什么关系啊？”小苗不肯接受这种理由。

“她不相信我能一直吃一种东西，说我要是能再吃一百天，就做我女朋友。”

“那更应该接着吃啊。”小苗快抓狂了，再吃一百天，赢的就是她了。

“大概是移情别恋了吧，看上了某个让你吃葱油面的人？”阮叶也很不爽，输钱倒是无所谓，但是输给坏男人就会很生气。

“我只是觉得，吃什么东西，是不需要什么理由的。一旦有个理由加在上面，压力就会很大，胃就会抗议这种东西，就根本吃不下去了。哪怕有人跟我说，吃十年的咖喱鸡肉饭，就给你颁诺贝尔文学奖，我也一天都吃不下去。”

“这叫什么理由？”欢哥不是很理解，不过他还是笑得脸都缩在一起，只要有钱，让他吃啥都行。

小苗和阮叶没他那么好的心情，她们也不能理解这种理由，同时还输了钱。除此之外，还对“咖喱饭”这种行为表示担心：“这样子就别想追到女孩子了。”

但是，事情的发展超出她们的预料。“咖喱饭”吃了十几次葱油拌面之后，带来了一个女孩，就是跟他打赌的那个，两人看起来很亲密的样子。

这场大赌局，“咖喱饭”看似输了，但实际上赢了，欢哥也赢了钱。输的只有小苗和阮叶。谁能想到那个女孩子不信守承诺呢？

“感情这个事，真的没道理。”小苗和阮叶看着那两个人说道。

不过，她们得出一个不是结论的结论，大概吃咖喱鸡肉饭的人，能找到心仪的对象。她们决定先吃它一段时间，为了爱情，死马当活马医。

但是到了第三天她们就放弃了，去他的爱情，我们想吃啥就吃啥。

THE SECOND CHAPTER

口香糖

CONVENIENCE

2020.xx.xx

978-7-5594-5068-5

欢迎光临！

¥ 12.60

单品价格

每家店都有自己的味道。

小苗所在的店也是如此。虽然是连锁店，货物相差不大，人员都是经过统一培训，但小苗还是觉得本店有不一样的味道。说不上来是什么，只是分外吸引人，在灯火独明的深夜里，让人愿意待在店里。

刚来的时候，小苗总是疑神疑鬼，觉得店里有特殊的味道，总是抽着鼻子四处闻，以为是由某种自己没看到的食物散发出来的，但始终找不到在哪里。

在那之后的很长一段时间里，小苗都对这个世界疑神疑鬼。她本来对自己的鼻子非常自信，那之后却觉得它欺骗了自己，或者，鼻子只是个摆设，那些丰富多彩的味道，是它自己想象出来的。

这个想法后来被证实，因为那个特殊的味道，不知道在什么时候消失了。也许是因为小苗发现了异常，所以鼻子机智地取消了这个不存在的味道？小苗心心念念了很久，不过后来也忘了。

之所以对味道这么介意，是因为本店很少有异常的味道。不仅本店，几乎所有的便利店，无论是外资的还是国内的，连锁的还是个人的，都极度厌恶过于刺鼻的味道，以免无形中把客人拒之门外。

管理味道不仅体现在卫生方面，还体现在食物的选择上。便利店的各种食物，都不会含有各种刺激性的气味。没有哪个便利店会在店里卖臭豆腐。至于鲱鱼罐头，更是想都别想。

刺激性的配料也很少在便利店的食物中出现，如葱、蒜、韭菜等等，几乎没有。市面上大受欢迎的韭菜馅包子，很少有便利店会引进。一方面是韭菜包子在运输、储存过程中，韭菜的口感会变化很大；另外一方面，一旦有人在店里开吃，就会韭菜香满屋啊。

曾经有人在店里转悠了半天，拎着一瓶啤酒问小苗有没有蒜泥白肉，小苗表面微笑，内心翻了无数白眼，怎么会有人爱吃这种东西啊？本店怎么可能卖这种东西？绝对不会！只要我还在这里！

不过话说回来，并不是所有店铺都对蒜深恶痛绝，有的店铺还卖蒜香法棍呢。究其原因，蒜里面有刺激性气味的物质太不稳定，温度升高了之后就没味道了，只剩下单纯的蒜香气。所以，很多店铺拒绝生蒜，但是对于烹调之后的蒜，并不排斥。很多人甚至会专门挑饭菜里煮熟的蒜吃，在他们看来，那是蔬菜。

“明明是调料！”小苗无数次试图反驳这种“邪魔外道”的观点，但每个这样说的人，脸上都会露出一副“你不懂”的表情，继续沉醉在蒜香世界里。

即使这样，便利店里也很少有带蒜的食物。毕竟便利店大部分是服务于白天的客人，他们大多是上班族，或是出门办事的人，绝不会冒险吃一嘴的气味，破坏自己的形象。

葱油拌面属于特例，它是少有的大家都喜爱的含刺激性调料，但没有刺激气味的食物。

虽然这些食物有让人形象全无的危险，但它们非但没有消失，反而越来越畅销，吃的人还大多是那些上班族。究其原因，好像没有特别的原因，只是因为味蕾和生活一样，需要刺激才能保持活力。

如果把便利店比作一个朋友，他应该是那种，初次见面平平无奇，恬静沉默，但相处时间久了，会发现他是个值得依赖的人。刺激性的食物也是一种朋友，一见面就能给你惊喜，虽然会给你带来麻烦，但之后每次见面都会给你惊喜。你可以拥有这两种朋友，但几乎不能同时拥有，因为他俩不太搭调。

小苗始终不能理解吃那些食物的人，所以，她大概跟那些处处有惊喜，过得跌宕起伏的朋友没啥缘分。她正想着，阮叶走进来，让她拿一盒寿百年。这一开口就有惊喜，把小苗熏得差点穿墙。

“吃了点蒜泥白肉。”阮叶非但没不好意思，反而凑过来，向小苗呼了口气。

小苗快疯了，谁能想到这种面容姣好、身材诱人的美女，会背着人偷偷吃蒜泥白肉呢？她把寿百年扔给阮叶，又把自己的半盒口香糖扔到她怀里：“三颗一起吃，不然别跟我说话。”

这时，顶着夜色进来一位男士，一看就是有家有口，且事业小成的。男人穿一身职业装，带着一脸加班后的疲惫。他一开口，让小苗又震惊又欣慰。

震惊的是，这人嘴里的葱蒜味比阮叶还要严重，又是一个形象反差极大的人。勉强能称得上安慰的是，他要买的是口香糖。

小苗见过很多来店里买口香糖的人，这些人跟买香烟的人差不多，都是买完之后往嘴里扔几颗，扭头就走，绝不停留。这位男士则相反，买完之后，坐在用餐区打开瓶子，扔了两粒口香糖在嘴里，慢慢嚼着，并没有离开的意思。

坐在用餐区的，大部分是在店里买了饭菜，借着这个地方吃饭的。有几个只吃零食的，已经是珍禽异兽了。半夜坐在店里干嚼口香糖的，今天还是头一个。

小苗向阮叶眼神示意，后者则无动于衷，她对长得不帅的男人不感兴趣。小苗只好作罢，正在猜测这人的来路时，欢哥进来了，她下意识退了一步，捂住口鼻。

欢哥吓了一跳，揪着自己狂闻了一通，以为身上沾了什么东西，得知小苗真正害怕的东西之后，不屑一顾："我才不吃那些东西呢，除了烟味，我嘴里什么味都没有，坦坦荡荡。"

小苗翻翻白眼，好像烟味很光荣似的。把欢哥赶到一旁后，小苗忽然想到，店长也抽烟，为什么身上没什么烟味呢？转念一想，店长天天吃笋尖，大概身上会发出竹子香味，把烟味中和掉。

那位男士终于嚼完了口香糖，准备离开。在此之前，他把嚼完的口香糖包在纸巾里，小心地攥在手里，准备走到门口时顺手扔进垃圾桶。做这些的时候，他无意中抬头，正撞到小苗好奇的目光，他礼貌地点头回应，然后匆匆走入深夜里。

小苗没意识到自己刚才的失礼，等他走后就凑到欢哥和阮叶那边，想分析个一二三出来。但那两人一脸茫然，根本没注意到。口香糖而已啊，又不是什么大东西。小苗反驳，口香糖也很重要好吗？起码今天就拯救了自己跟阮叶的友谊。

她还要刨根问底，就被店长无情打断，派去整理新到的货物了。这件事算是不了了之。小苗在经过店长身边的时候，忽然又闻到了那种特殊的味道。难道鼻子又坏了？小苗疑神疑鬼，但味道很快就没了，好像是幻觉。

在此之后，大约每隔一周小苗就能看到那位男士来店里，别的不买，只买一罐瓶装的口香糖，然后扔两颗到嘴里，嚼完才会离开。而且，每次他来的时候，嘴里的葱蒜味都分外强烈，走的时候没法鉴别，大概是已经清新如初了。

“大晚上吃口香糖，也太反常了吧。”欢哥给他起名“一周”，并用他来对照自己的时间，大概他来上两次，欢哥就该洗车了。

“有什么反常的？男人只有在会情人的时候才会这么在意形象，这么晚，肯定是去哪个……”阮叶气哼哼地说不下去，大概是想起了之前的事。

小苗想接着聊，“一周”又来了，今天正好是他来的日子。虽然时间很规律，但行为却不规律了。“一周”一路没开口，拿了口香糖之后数也不数，就往嘴里倒了几颗。他嚼了一会儿，又扔了两颗进去，嘴里塞得像松鼠似的，鼓鼓囊囊地嚼着。

这下店里的人想不注意也不行了，一个个面面相觑，欢哥跟小苗对口型：“这是要吃到饱？”

“一周”没理会他们的窃窃私语，费劲嚼完之后，闻了一下自己嘴里的味道，一脸绝望，又跑到柜台，买了三种不同的口香糖。

小苗终于忍不住问了一句，“一周”很难为情地道：“蒜泥白肉吃多了，嘴里味道太大，得赶紧清掉。”

“现在都晚上了，没关系的吧，也不会有人抱着你的嘴闻。”欢哥有点恶趣味，引来阮叶和小苗一阵白眼。

“我老婆孩子对蒜味过敏。我每天加班到很晚，她们都等着我回去，我也不能带着一嘴的蒜味见她们。”“一周”接着试其他口味的口香糖。

“那就别吃什么蒜泥白肉了嘛，就是个调料，吃了之后还这么麻烦。”小苗想当然地说。

“你不懂。”“一周”脸上露出小苗熟悉的表情，“蒜泥白肉真的很好吃。”

阮叶难得地看了“一周”一眼，无比同意他的话，甚至还在心里补充了好多，还有葱爆羊肉、臭豆腐、蒜香茄子等，也都让人欲罢不能。

“葱姜蒜是很重要的蔬菜，加班餐里头要是没有它们，根本没法犒劳自己。结婚之后我想过改口味来着，但是没办法，味道这东西，喜欢就是喜欢，没办法放下。还好我有这个。”“一周”晃了晃口香糖。

小苗还是没法同意葱姜蒜是蔬菜这种观点，但她忽然觉得，口香糖是个好东西，小小的一颗，可以消除两个人之间的不同，保护各自喜欢的味道。这个不算零食的糖果，代表着包容。

也许是某种口香糖有奇效，也许是“糖多力量大”，“一周”的嘴里终于没味道了，这才满载温情地走出店门。

小苗又被派去整理货物，她此时才留意到，口香糖一直放在货架的黄金位置，种类还不少呢。这个小小的东西，有很多人需要。

她把这个发现告诉阮叶，阮叶的关注点却没与她在同一条线上：“这是不是说，你们店要上蒜泥白肉？或者其他的？”

小苗只好掏出口香糖塞给她，维持摇摇欲坠的友谊。与此同时，她忽然想起来，此前一直闻到的，此前很在意后来又习惯了的那种特殊的味道，原来是店长身上的。

THE SECOND CHAPTER

奶啤

CONVENIENCE

2020.xx.xx

978-7-5594-5068-5

❋❋❋

欢迎光临！

¥ 13.30

单品价格

啤酒一定要晚上喝才对味。

食材生长有季节，食物也有它们的生物钟。豆浆、油条、包子是早上的畅销品，热菜和盒饭中午卖得最好，到了晚上，转了一天的咖啡机就要休息了，这时候，那些稍显清淡的食物最受欢迎。

看着很玄妙，但是小苗听了店长的分析之后，觉得也很正常。店长道："早上是一天的开始，脑袋需要大量的能量才能保持清醒，所以那些有大量碳水化合物的食物是最适合早上食用的，再搭配一点蛋白质和油脂，支撑一上午足够了。

"到了中午，既要填补抗议了半个上午的胃，又要为下午做储备，含有大量蛋白质和油脂的食物最适合。有的女孩子为了控制体重，会在这时候选择吃沙拉，然后到了下午三四点钟的时候，身体就会发出能量不足的警报，眼前一阵阵发黑。所以，中午的酸奶销量也会上涨，都是女孩子补充能量用的。"

小苗听得索然无味，忽然发现一个漏洞。晚上呢？难道没有晚上专属的食物吗？

店长指了指最左边的冷柜，那里面摆了一整柜的啤酒。小苗顿时愤愤不平，凭什么是啤酒啊？

欢哥嘬了一口冰红茶，表示支持小苗，为啥不能是冰红茶、冰绿茶或者茉莉花茶呢？他指的一律是那些甜甜的，在女孩子看来会发胖的茶饮料，所以并没有获得小苗的感谢。

欢哥身为黑车司机，不喝酒理所应当。程序员是酒精过敏，根本喝不了。阮叶则有她自己的理由，“喝酒的男人都不可爱”，不过她自己对红酒有好感，偶尔会来一杯。

“红酒不是酒啦。”她说。大家一直没搞清楚她的标准是怎么定的。

小苗跟阮叶差不多，但有本质上的区别，她对所有酒类都没好感。大概是她在成长过程中，受了家里人的影响吧。小苗身边的人，或者说大多数人，喝酒一定要配饭菜，素菜不行，一定要硬菜。这种情况下，喝得多的人一般都会吃得多，然后嘴里会有一股酒菜相互发酵的味道。偏偏这些人还都是家里的亲戚朋友，会近距离拉着小苗说些家长里短，小苗无处可逃，对社交的恐惧再加上那种味道的刺激，是她童年的噩梦。

因此小苗对那些在店里喝酒的人，满怀警惕。不过好在一般没有在店里喝酒的人，大概这里没有饭馆那种氛围。但是，能在这里喝酒的人大都不一般。小苗不得不防。

说了那么多讨厌酒的理由，并没有用。啤酒依然占了一个冷柜。即使其他商品的位置变来变去，也不会来占用啤酒的位置。冷柜里啤酒的种类会随着店的位置不同有些许变化：周围写字楼多的店，冷柜里外国品牌啤酒会多一些，且大多是罐装或者小瓶装；周围餐馆多的店，大绿棒子会多一些；最近流行起来的大乌苏，周边有烤串店的话，销量会很好。

说来说去，小苗还是不明白为什么啤酒是属于晚上的，大概因为她不喝啤酒。无论店长怎么解释，她，还有欢哥和阮叶，都理解不了。所以，在小苗看来，晚上还是很寂寞的，没有专属的食物跟它搭配。

大概也因为这个，她每次看到外面的夜色，都会在心里感慨，然后这种感慨变成了长时间的发呆。严格来说，她是为自己的发呆找了个理由，这个理由太过冠冕堂皇，所以没人能说什么。

小苗再次因为啤酒，或者夜晚而发呆的时候，被阮叶晃醒了。阮叶按住她想张开的嘴，努力跟她打着眼色。小苗终于回过神来，发现了阮叶所指的目标。

此时除了欢哥他们，就只有一个人在店里，正在冷柜那里搜索着。从背影看，那人身材高挑，身上只穿着普通的 T 恤和运动裤，却有一种模特的感觉。他的步态也跟普通人的步态不一样，到了晚上，一般人都会步态沉重，显出疲态，但他的腿像蓄满力的弹簧，始终迸发着活力。

等他转身的时候，小苗瞬间感觉脑袋一蒙，但又被阮叶弄清醒了，因为阮叶正死死地箍着她的胳膊。两人是同样的情绪，不过表现方式不太一样而已。

“好帅啊！居然还白白嫩嫩的！”阮叶晃着小苗的胳膊，口水都快流下来了。

她本来喜欢偏成熟的男人，对这种小鲜肉类的不感兴趣，但今天例外，因为颜值胜过了口味。

那人就在她俩炽热的目光中打开了啤酒冷柜，拿了一罐啤酒出来。他走向收银台的过程，几乎就是小苗和阮叶热情冷却的过程。“怎么还喝酒啊！”小苗偷偷地跟阮叶嘟囔，心情大概跟看到帅哥挖鼻屎一样扫兴。

“奶啤不算啤酒的。”帅哥耳聪目明，付完钱也嘟囔了一句，顺手举起那罐啤酒在两人面前晃了晃，上面的“奶啤”两个大字很显眼。

小苗没嘟囔回去，一半是没反应过来，一半是心里发虚。这个奶啤在货架上摆了有一段时间了，但因为摆在啤酒货架，所以小苗一直不肯好好关注它。当时上新的时候，店长对于它的位置还有过犹豫，不知道是把它放在饮料柜还是啤酒柜。但小苗并没有走心，所以今天才措手不及。

“奶啤怎么不是啤酒啊？它上面都有‘啤’字。”终于反应过来的小苗拖着阮叶走到帅哥身边，色厉内荏，她还是头一次跟这么帅的人说话。对方被问得一脸茫然，他刚刚走到用餐区坐下，手还没按到拉环上呢。

“尝尝就知道了。”帅哥打开了拉环，问小苗要了个纸杯。但小苗却指着啤酒罐“啊啊啊”大叫，连带阮叶也一声尖叫，把店长和欢哥都招了来。店长和欢哥还以为出现了什么妖魔鬼怪。帅哥本来很镇定，也被她们弄得手忙脚乱。

奶啤在被打开的一瞬间，冒出了无数的白色泡沫，在罐顶不断堆积，像雪山一样。不，用雪来形容不太恰当，因为这些泡沫特别细腻，像天上的云彩。

云彩终于堆积到顶，眼看要沿着罐体流下去，店长飞快地拿来了纸杯，帅哥手疾眼快，把奶啤分进了几个杯子里，算是保住了那些美好的泡沫。

帅哥殷勤邀请，几个不喝酒的人却迟迟不肯动弹。最后还是小苗假装满不在乎，用颤抖的手接过一杯，灌进了嘴里。要是劝酒的人是那些怪叔叔，哼，她才不会动一根手指头呢。

先进嘴的是那些泡沫。在泡沫跟口腔黏膜接触的一刹那，小苗就明白了，明白店长所说的，为什么啤酒才是夜晚专属。那些泡沫像一颗颗细小的按摩球，在破碎的同时，放松着嘴里的每一寸肌肉，它们甚至沿着食道一路向下，快速而细腻地进行着按摩任务，一直到胃里，把麻木了一天的胃弄得松松软软，弹性十足。这种弹性又像水波一样，沿着食道荡漾回来，甚至遍布全身，让所有的肌肉都感受这种舒畅。

“啊，果然啤酒要晚上喝才对味。”小苗轻轻地打了个嗝，旁边的人被她一惊一乍的模样吓了一跳。

那些泡沫消融得很慢，这就足够身体体验几个来回的舒畅了。原来啤酒的泡沫才好喝。小苗曾看到那些怪叔叔特意训练手法，沿着杯壁倒酒，或者用筷子点一下泡沫，就是为了让泡沫消失，然后把啤酒倒满杯。现在看来，简直是暴殄天物。啤酒的泡沫才是精华啊。碳酸饮料虽然也有泡沫，但都是二氧化碳顶出来的水泡，比不上啤酒的细腻。

其他人看到小苗这么陶醉，也将信将疑地喝了一口，跟小苗一样，都露出赞叹不已的表情。店长终于一脸欣慰，自己的描述总算被人体会到了。

“怎么样？不是啤酒吧？”帅哥求证着自己的观点。

但小苗此时才体会到奶啤的味道。也许是泡沫带来的感觉太过惊艳，也许是味道刚刚才从胃里返回来，帅哥问完这句话，小苗才感到嘴里出现了奶香气。好像帅哥身上的味道。

小苗倒是没什么异议，阮叶还在纠结名字的问题，不是啤酒为什么要叫奶啤？她又喝了好几口，眯起眼睛仔细体会味道。

“嚯，怎么不是啤酒？你看，”欢哥指着罐子上的配料表，“写着有啤酒。”他心里忽然一阵懊恼，喝了啤酒就不能跑车了，为什么要嘴馋呢？

“配料里有啤酒，那肯定不是啤酒啊。菜里有料酒，难道就是料酒了？”小苗的观点转了一百八十度，开始死死捍卫起帅哥的观点来。

几个人吵吵嚷嚷，为了奶啤是不是啤酒这件事争论了半天。等他们终于安静下来，那个帅哥已经走了，悄无声息的。这下懊恼的是小苗了，奶啤是不是啤酒，哪有那么重要？

从那以后，小苗的发呆就换了理由，为了看着门外，望眼欲穿的那种看。因为，夜晚现在已经找到了它的专属食物，不需要她再假装操心了。

奶啤确实是夜晚的宠儿，既有泡沫的放松，又有甜牛奶的愉悦。店里所有人都爱上了它，连欢哥也时不时喝上一口，但他只敢在确定不跑车的时候喝，因为他不知道交警部门对奶啤的评判标准是怎样的。

只有程序员一直不肯喝，在他看来，成分含量没有写清楚的东西，都是危险的。奶啤罐上没写酒精含量，但写了含有啤酒，那就只能当有酒精来处理。他可不敢拿自己开玩笑。

小苗没在意其他人的感受，她一直心心念念地看着门外，等待那个帅哥再进来一回。阮叶最初也陪小苗一起等，后来就厌了，只是偶尔小苗猜测帅哥身份的时候，她会搭上几句话。不过她也搭不了太多，因为小苗猜测得太没边了，连“天上的送奶仙童，被牛奶浇灌着长大，所以身上有奶香气”这种话都说出来了。

“说不定是奶啤销售员，专门忽悠人喝他们家产品的。”欢哥嘬着奶啤，瞅准时机泼点凉水。

小苗这次没反驳欢哥，因为他说的也是事实。小苗现在不仅喝奶啤上瘾，还开始喝啤酒了。不过她对啤酒很挑剔，只喝那些有细腻泡沫的，泡沫不够多的，都不算啤酒，不喝。而且，她只喜欢上面的泡沫，对下面的酒浆没什么兴趣。

谁能想到呢？一个对啤酒有强烈阴影的人，因为一件小事，最终喜欢上了啤酒。但是小苗没能再次看到那个帅哥，门外的夜色里，走进过形形色色的人，却没有那个小苗期盼的身影。

小苗最终放弃了等待，她忽然有了一种觉悟，一家便利店，会有很多熟面孔来往，但也会有很多人只是与这里萍水相逢，然后再不相见。大部分人与它只有一面之缘，但也有极少数人，他们的出现，是带着某些责任，改变某些事情，或者帮助某些人。就像奶啤的泡沫，像云彩一样涌出来，按摩着夜晚的人生，然后消失在空气中，仿佛从没出现过。但这个夜晚，确实因为它们而改变了。

店长也这么想，因为从那之后，小苗开始主动打理啤酒冷柜了。

店里也从此多了一个游戏：奶啤开罐之后，泡沫会迅速地涌出来，这时候要手疾眼快，凑到罐口把泡沫吸进嘴里，不然就会弄得一手都是。每次店里有人开奶啤，就会有人在他耳边“啊啊啊”大叫，半是提醒半是让他分心。要是有人不为所动，稳稳地吸入泡沫，那就是胜利。

这仿佛成了夜晚的一种仪式。

/

夜班便利店

YE BAN BIAN LI DIAN

/

CONVENIENCE

微波炉面

¥ 16.20

便利店是个天生就容易产生热量的地方，里头有炽热明亮的灯光，热气腾腾的食物，还有加热的设备，就算是制冷的冰箱冷柜，最终也会把热量散发到室内。

24

-HOUR

#03号便利店

CONVENIENCE STORE 3

978-7-5594-5068-5

YE BAN BIAN LI DIAN

/

夜班便利店

YE BAN BIAN LI DIAN

/

THE THIRD CHAPTER

葱油拌面

CONVENIENCE

2020.xx.xx

978-7-5594-5068-5

❋❋❋

欢迎光临！

¥ 14.50

单品价格

“啊啊啊，烦死了。”

这是小苗第三次核对了。成堆的单据和销售记录已经让她头昏脑涨，更崩溃的是，数据竟然对不上。

按照店铺的规章，每班要做一次清账交接，每周做一次小型盘点。这样可以随时看到店铺内商品的销售情况，知道本周的业绩如何。因为本店的特殊性（店长常驻夜班），所以本店的每周盘点放在了夜班，小苗理所当然地做了主力队员。

但是，主力队员今晚要挠破头皮了。

公司的所有店铺，乃至其他连锁便利店，甚至扩大到其他的大型超市，盘点时总会面临同样的问题。单据上显示的销售数量，跟实际商品支出数量总是对不上。

一般来说，总是单据数量少于实际支出数量。反过来的情况很少，一旦出现，就意味着这家店在做某种洗钱的业务。这项业务小苗所在的便利店尚未开发，所以，困扰小苗的，就是单据上的数量少了。

用通俗的语言来讲，就是店里丢货了！货架上的某些商品没出现在单据上，却莫名其妙地消失了。

所有的店都会发生这种情况。丢货的种类五花八门，丢货的理由却无外乎那么几种，除了商品扫码失灵，未能入账，剩下的理由都可以归为一种。

“被偷了呗。”欢哥一语道破。

商品被偷这种事，无论在大超市还是小便利店，都是司空见惯的。没被偷过东西，只能说明这家店铺人流量太少。一般人认为，被偷的东西一定是值钱的，手机啊，钱包啊之类的。这在超市和便利店不适用，因为被偷的东西，永远超出你的想象。

“一包面膜，一管润唇膏，一个饭团，一盒卫生棉条。啊！”小苗声音要爆炸了，“还有一盒葱油拌面，为什么要偷葱油拌面啊？葱油拌面做错了什么！”她快崩溃了。

店长安抚着小苗，不然她就要把屋顶掀翻了。对于这种情况，纠结也解决不了问题，商品已经丢失了，只能暂时算作损耗了事。每家店铺每月都会有损耗指标，就是为了应付此类的意外情况。

虽然填了损耗单，但小苗心里依然很纠结。店铺允许有损耗，但损耗指标也是有上限的，超过了指标就会影响店长的绩效。而且那少得可怜的指标，要留给容易过期的冷餐热食，在这上面轻易浪费掉了，让小苗很不忿。

于是在店长报上数据之后，小苗又把各种原始数据调了出来，想查到丢失物品的蛛丝马迹。虽然无法挽回损失，但知道一点线索也是好的啊。

一直熬到眼睛迎风流泪，小苗才终于从成堆的数据中理出头绪。然而在处理完眼睛的问题之后，她发现了更大的问题：那些东西，除饭团之外，都是在夜间丢的。

也就是说，这些东西，都是在小苗和店长的眼皮底下消失的。

“怎么可能？”小苗跟阮叶抱怨，“有我的这双火眼金睛在。”她指了指眼睛，却戳到了硬硬的外壳。那是热敷眼罩，是阮叶硬给她戴上的，说是放松眼睛。

纠结瞬间变成了不甘心。自己当班时丢东西，这触及了小苗的自尊心。她扔掉眼罩，继续投身数据里，终于找到了更多的蛛丝马迹。这些偷盗事件，都是在近一周内发生的，而且是频繁作案。

“把这里当自己家了呀！那就露个面吧。”小苗决定把这个贼揪出来。

但是对待这种事，便利店天生处在劣势。据说大超市有专门的防盗部门，甚至有专人坐在监控室，盯着各个区域，用广播或者对讲机通知各种异常情况。所以，如果你在逛超市的时候，听到广播里说“注意钱包和个人物品”，那是在提醒你有小偷进来了。

小偷进到超市之后，肯定不能放任自流。这时对讲机就会派上用场，随时通知保安人员小偷的位置，工作人员重点监控，让小偷无处下手。大超市防盗的优势在于可以防患于未然。即使发生了偷盗事件，他们也有足够的人手来处理。一旦抓住了行窃的小偷，以前的做法是痛揍一顿，这是小苗目前最期待的，但是现在不允许了，抓住了人，报警即可。

相比之下，便利店的防盗手段只能用原始来形容。至于监控，便利店所有人都要在店铺内，后边一般不会留人。大超市那种运筹帷幄的方法，只能存在于想象之中。

小苗只能依靠自己的眼睛，在收银和理货的间隙，特别注意那些形迹可疑、贼眉鼠眼，甚至蒙着脸的那种人。没事的时候，她还会跑到办公室翻以前的监控记录，一帧一帧地看。但是，一无所获。非但如此，在她高度警惕之下，又丢了一个口罩。

“连作案工具都要靠偷啊！”小苗只剩下生气，一筹莫展。

徒劳无功之后，小苗只好寻求帮助。程序员首先提出解决方案，他设计了一套防盗系统，成功率百分之百，但是算了一下价格，安装下来要几百万。于是他迅速否决了。

欢哥笑眯眯的，一副看破一切的样子，但大家问他的时候，他总是“嘿嘿嘿”地不说话。小苗请他喝了一瓶冰红茶，他还意犹未尽，眼神向着香烟柜台瞟，结果遭遇了小苗最凶恶的眼神。

“一开始你的方向就错了。”欢哥赶紧知无不言，再讨价还价下去，冰红茶都没得喝了，“蒙面的人，都是做大案的，根本看不上这些鸡零狗碎的东西。做这种事的人，外表都很普通，越是看起来不像，越有可能是。”

这是小苗头一次觉得欢哥靠谱，跑黑车的确实见多识广，知道一些常人注意不到的细节。她决定改变方向，钉着那些普通的男人。

“不对。”阮叶顺着欢哥的思路走下去，“不会是男人。你看这些东西，包括卫生棉条，都是女孩子用的东西，男人怎么会偷这些？”

“说不定是变态之人啊。”

“面膜和润唇膏是同一天丢的，那天是入秋以后，天气最干燥的一天。偷这些东西的人，绝对是拿回去用的。还是个注意保养的女孩子呢。”

虽然有这种可能，但是小苗还是没法把偷东西这件事跟女孩子联系起来。这些东西又不是很贵，想用的话拿钱买就好了嘛。

“人和人的世界是不一样的。我刚来这个城市的时候，身上的钱只够吃饭，没法做其他的事。那时候特别羡慕一个同事，她跟我赚同样多的钱，但每天都化着最好看的妆。后来她带我去了一家大型的化妆品零售店，那里所有的化妆品都是可以试用的，她每天就在那里试试这个，用用那个，一分钱也不用花，就能美美地去上班。”阮叶回忆着。

这根本就是两码事啊，小苗敏锐地发现了问题，试用不过是蹭，而偷就是偷。不过她也明白阮叶的意思，人会选择不同的生活方式，也许这个小贼，真的是个女孩子，一时手头拮据，到店里“拿”一些必需的用品。

“就算这样，也很可恶，给别人造成多大麻烦啊。再说，为什么连葱油拌面也要偷？”

没人知道答案，店里瞬间安静下来，似乎在等着小苗的怒气自我冷却。除了一阵小心翼翼的吸面声。

吃面的是个女孩子，脸上透着稚嫩，但妆容却显得有些成熟。她也算是常客了，经常加班到深夜，来吃一份葱油拌面。之所以知道得这么详细，是因为小苗跟她发生过几次误会。小苗斗志昂扬地抓贼时，曾经拦过她几次，因为她身上带着疑似未结账的商品，结果那是她在别家店买的，甚至有小票作证。

抓错了人，小苗难免难为情。好在女孩并不在意，依然来店里。小苗也用热情弥补误会，把葱油拌面热得恰到好处，才递给她。

看到小苗他们被声音吸引，向这边看，女孩满脸窘迫，以为他们向自己要答案。“可能……可能葱油拌面跟她的生活有点像吧。”

这倒是新奇的观点，本来无意的众人，兴致被提了上来，央求她说下去。

“葱油拌面，材料只有葱、油和面，做法也很简单，用家里剩的边角料就能做。要是家里没有，去邻居家借上一点也行。葱不仅能熬油，熬剩下的葱叶也可以当配菜。用这些边边角角的东西，就能吃得有滋有味。”

“像，但不是。”小苗不自觉地站起来，双手叉腰，“葱油拌面也许是人们智慧的一种体现，可以让人在没什么选择的时候吃一顿美食。但是，它的边界不能搞错。借材料熬葱油，也是一种智慧，但偷就是道德问题，没得商量。葱油拌面是人在山穷水尽的时候，靠自己的力量，能做出来的最好的美食。”说到后来，小苗忽然觉得葱油拌面好伟大。

说到最后，店里都有了回声。也许是小苗声音大，也可能是因为店里再次安静下来了。过了好一会儿，或许是忍受不了尴尬，阮叶接着说起了她那个同事的事。

“我们过了实习期，有了正式工资之后，她就买了最便宜的一套化妆品，再也不靠试用来化妆了。”

“为什么啊？不是挺好的吗？”在欢哥看来，那种事稀松平常，却遭到了小苗的鄙视。

“人，尤其是女人，不能总靠葱油拌面活着，还得要体面。”

他们说完话再回头的时候，那个女孩已经离开了，桌上剩了半份葱油拌面。小苗忽然有点过意不去，大概是自己太凌厉，把人吓跑了。但欢哥瞥了一眼，发现有东西落下了，让小苗过去看看，语气很高深莫测。

等小苗拿到女孩落在座椅上的东西，就明白欢哥为何是那般语气了。那是个口罩，恰好跟店里丢的那个是同一款。

小苗忽然明白过来，怪不得她一直抓不到小偷，她的注意力完全被转移了。那个女孩用别处买的东西多次制造误会。这样小苗出于愧疚和建立的信任，就不会再把目光放在她身上。真是个高手呢。幸亏欢哥从她刚才说话的语气和忽然离开的行为上猜出了一点端倪，不然小苗依然被蒙在鼓里。

“真是嚣张，居然敢心安理得地在这里吃面。”小苗把口罩拍在桌上，从办公室里拽出店长，准备把她追回来。

店长听完来龙去脉，反倒坐下了，也不打算动弹。等小苗冷静下来，才明白他的意思。这种事，追上也没有用。这次她没有偷东西，以前的东西也没法当作证据，而且监控上也没留下蛛丝马迹，只能不了了之。

“下次她敢再来……”小苗说不下去了，这次女孩成了受惊的鸟，大概再也不会出现了。

“她刚才怎么忽然走了？”

“不知道，大概是被你吓跑的。”欢哥这话还是很让小苗满意的。

果然，从那次之后，女孩再也没出现过。一段时间内，店里没再丢东西，当然，也少了一个吃葱油拌面的人。小苗的抓贼行动无疾而终，只是偶尔还会提起那个女孩，不知道她现在在哪个店里吃葱油拌面，是不是还会用“越过边界”的方式，过得有滋有味？

过了很长一段时间，在某个晚间小高峰期，忙得头昏脑涨的小苗忽然瞥见一个侧影，好像是她。等小苗忙完之后，她却消失不见了。

那天晚上，小苗整理葱油拌面，发现最底下一盒压着一沓现金，数了数，恰好是面膜、润唇膏、葱油拌面加口罩的钱。这让阮叶他们啧啧称奇。

“那个偷饭团的人还没抓到吧？”欢哥哪壶不开提哪壶。

但是小苗已然累了，对这种事再没有兴趣，反而向店长推荐程序员的防盗系统，希望公司能给店里安一个。

THE THIRD CHAPTER

榨菜

CONVENIENCE

2020.xx.xx

978-7-5594-5068-5

欢迎光临！

¥ 15.30

单品价格

店里开始卖粥了，皮蛋瘦肉粥。

粥当然是用来做早餐的，盛在一次性的小餐盒里，一份份摆在加热柜里。拿到手里还是暖暖的，尤其是在温度较低的秋冬季，热气从手心蔓延到全身。

不过，这一盒皮蛋瘦肉粥要从晚上就开始准备，才能保证早上可以送到顾客手里。所以，皮蛋瘦肉粥第一次登上货架时，要把整个流程走一遍，保证万无一失。这对小苗来说没什么难的。便利店之前经历过很多次上新品，她也自诩是历经沧桑的老人，上个新品不在话下。

所以当公司摆出大阵仗时，小苗吓了一跳。她的上级、店长、店长的上级、店长上级的上级，以及兄弟部门的采购员、采购员的上级，乃至公司副总，都不厌其烦地打电话过来确认流程。

一个原因是，公司开始重视早餐市场，皮蛋瘦肉粥是先头部队，第一步一定要走好。另一个原因则是，皮蛋瘦肉粥超出人想象的娇嫩，比店里的甜品还要麻烦。在正式上新之前，引发了公司和中央厨房之间的扯皮。

公司想让中央厨房直接将皮蛋瘦肉粥分成小盒装，这样送到店里可以直接摆到货架上。但中央厨房考虑到粥要经过冷藏运输，小盒装的粥会发生无法预测的变化，坚持只用大型包装，到店再进行分装。扯来扯去，无非是分装的工作由谁来干而已。到最后，为了保证粥售卖时能保持最好的状态，公司终于妥协了。

所以，小苗和店长，以及所有店员又多了一项工作——皮蛋瘦肉粥到店之后，分装到小盒里，再进行冷藏，然后在早高峰前两小时放进加热柜。这个工作比起调制关东煮的汤之类的，显得毫无技术性，所以店长叮嘱小苗，找个空闲时间做就好。但小苗却紧绷绷的，第一天上新，要马上分装好才行。

在她的影响下，本店弥漫着大战在即的味道。欢哥笑嘻嘻地问有没有临期盒饭，小苗正像哨兵一样等着到货，没空搭理他；阮叶好不容易把小苗按下来休息，小苗又不由自主地站起来溜达。

大概是公司上下如临大敌的状态弄得小苗也有点紧张过度了，把她吹嘘的“久经考验”瞬间戳破。但是紧张也无济于事，送货的冷藏车约定到店的时间是在半夜十二点到一点，现在估计还在路上，或者干脆在城外某个路口停着休息，等到城内车辆更加稀少时才能进城。送货司机都是个中老手，知道抓紧一切时间休息。

也许是小苗的火急火燎起了作用，十二点刚过，送货车就到了。小苗内心振奋，按这个速度，加上以前送货司机的卸货速度，十几分钟以后，他们就能完成皮蛋瘦肉粥的分装，成为所有店里的第一。虽然并没有什么用，但是小苗憋了一晚上的劲头，必须争一点什么。

但是，今天的送货司机是个新人。几乎所有的货车司机都是黑皮肤，他却非常白净，双手纤长，气质也跟一般的司机不一样，没有急匆匆又油滑的劲头，十分年轻。他大概是个新司机吧？小苗心想，但是这不是重点，只要他卸货快就行。

小苗很快体会到了事与愿违的滋味。以前的司机五分钟之内就能把货卸完，剩下五分钟跟小苗核对数量，所有事情完成，十分钟后毫不留恋地扬长而去。今天这个司机，五分钟过去了还在慢条斯理地戴手套。

小苗急得直跳脚，好不容易等他把小推车拿出来，心想这下该快了吧？一次搬个五六箱，几趟就搬完了。然而并没有。新人司机一箱一箱地搬，每次用力的时候，都先把自己的手照顾好，然后才慢悠悠地起身。

这得什么时候才能搬完啊，小苗差点自己冲上去，那样也比他快多了。只可惜，店里有规定，交接货物、核对数量之前不允许店员接触货物，以免发生不必要的扯皮。店长曾经千叮万嘱，所以小苗也只能忍着，看着新人司机如散步一般卸货，内心仿佛在滴血。

等到他终于卸完，小苗已经没了最开始的冲劲。什么全店第一都不重要了，把粥分装好，完成本职工作就好。争强好胜的人遇到拖泥带水的人，就算豪情似火也被浇灭了。

出师未捷，小苗心情低落，但也没忘了拿几盒分装好的粥放到加热柜。虽然还有很久才到早上，但很多客人早就知道了要上皮蛋瘦肉粥，提前很多天就预订了。夜里吃个粥，也是人生一大享受呀。除此之外，她还给自己和店长预备了两份。

做完这些，小苗忽然发现店里多了一个人，跟欢哥他们一起不尴不尬地坐着。是那个新人司机。新人司机看她过来，起身要了一份皮蛋瘦肉粥，又拿了一罐榨菜。

“麻烦的司机，麻烦的顾客。”小苗嘟囔着。粥都是算好数量的，他半路杀出，小苗还得回库房再拿一个。换作其他的顾客，她没什么怨言，但现在却牢骚满腹，还有点疑惑。

一般的送货司机，核对完货物就会扬长而去。因为他们这一趟很忙，还有很多家要送。只送一家的货物那可太亏了。但这位新人司机竟然慢条斯理地留在店里，把皮蛋瘦肉粥热得恰到好处，还打开了榨菜，开始吃夜宵！

这场景，连刚从办公室出来的店长看到后都发愣了。头一次看到送货司机在店里吃东西呀。

“还是个奇怪的人。”小苗下了最后的论断。

新人司机没注意到他们的诧异，因为他的注意力全在眼前的粥和榨菜上。他特意从柜台拿了一双一次性筷子，舀一勺粥，搛一条榨菜放在上面，然后送进嘴里细细品味。粥在嘴里细腻无声，榨菜被他咬得咯吱响，整个店里都充满着这个声音。小苗感觉自己快流口水了。

倒不是小苗嘴馋。那个榨菜小苗吃过，榨菜条堆得满满一罐，浸透红油，吃起来脆，盐度也不高，十分爽口，一吃起来就没法停下来。小苗有一次什么都没，就吃了半罐榨菜，那时还心心念念想着要有粥来配呢。

新人司机更夸张，不知不觉地吃掉了一整罐榨菜。仿佛榨菜才是主食，粥只是配菜。这让小苗羡慕不已。

新人司机吃完，把剩余东西收拾干净，这才注意到其他人的目光，这下诧异的是他了。他不知所措地点头致意，出门开车离开，留下店里的人各自疑惑。

此后一连数天，皮蛋瘦肉粥的运输和销售终于走上正轨。新人司机也一直保持这种状态，每次都要吃完一罐榨菜，小苗他们也见怪不怪了，甚至还会为他准备一盒粥。只不过还是对这个怪怪的司机存着好奇，又不太好问。

直到某一天，配送中心的司机轮换，以前的司机又回来了。小苗他们才知道新人司机的些许事迹。

“那个人，拈轻怕重，我们老板都后悔招他了。多余的活一点都不干，看别人干活也不知道帮把手。自己的货也装得慢慢腾腾的，此前我们还帮他，现在都不管了。别人送货都送得越多越好，他倒好，专挑少的送，送完就回家睡觉，跟其他人也处不来。听说以前是个画家，可宝贝那双手了。不过现在都这样了，还装什么呀？”

原来不止小苗他们觉得他怪，其他人也觉得他怪。这样的人，一般在某个地方干不长，因为太特殊，无法融入集体。

“人家是个画家，说不定是来体验生活的，过几天就走了。”欢哥一副看破世情的样子。

但新人司机却一直在给店里送货，依然保持那种姿态。欢哥脸上挂不住，虽然他这抠门至极的人当初下论断的时候并没有赌点什么，但终究是输了面子。出于这个原因，他总要知道点前因后果，于是开始旁敲侧击地跟新人司机聊天，想套出点什么来。

一直套到新人司机不再是新人了，他得到的信息也仅限于“嗯”“哦”等。新人司机，大家还是这样叫他。也许是新人司机太过沉默，也许是新人司机太过倨傲，反正两人根本没聊起来。

真正打破沉默的，反倒是一次巧合。那次新人司机照例拿了粥和榨菜，手机却出了问题，没法付钱，阮叶替他付了。

“不如你替她画幅画吧，就当还钱了。”两人还在还钱的问题上推推让让，小苗一句话解了难题。

这句话之后，新人司机的脸上才难得地出现光辉。他甚至没等阮叶同意，就接过小苗递来的纸笔，龙飞凤舞之下，一幅素描跃然纸上。

“画家嘛，都喜欢美女。”新人司机走后，欢哥给自己打圆场。最能侃的黑车司机也要面对残酷的现实。

这次之后，新人司机终于跟店里的人熟络起来，一点点透露了自己的故事。

他从小家境殷实，父母开货运公司，但都很开明，由着他追寻梦想。这几年家里经营不善，公司倒闭，父亲也卧病在床，他这才出来，用唯一的生活技能赚钱补贴家用，同时还在追寻画画的梦想。

但至于为什么每天只送最少的货，他没提，小苗他们也没问。因为每当谈到与这件事相关的话题，他就会恢复以前的倨傲。

“榨菜啊，你不觉得它很好吃吗？”谈起榨菜，他倒是滔滔不绝，“小时候父母很忙，晚上也要出门。虽然他们给我留了饭，但到了半夜我会饿啊。我就拿一包榨菜，有时候就馒头，有时候就凉水。嘴里有了味道，肚子就不饿了。”

小苗忽然想起一个问题，他为什么不用画画来补贴家用啊？但她知趣地把嘴闭上了，直到新人司机离开。

“你觉得他画得怎么样啊？”小苗问阮叶。阮叶则把“嗯”这个音节拖了很长时间，才抛出一个“还行”，转而把这个问题抛还给小苗。小苗最后也只得出一个结论：“还行。”

在艺术上，“还行”大概是个最坏的评论。不好不坏，才叫还行。但是不好也不坏，就不叫艺术了。

“可能是过得太顺了吧。你看那些著名画家，哪个不是过得很惨啊，割耳朵的，跟朋友抓阄，输了就去打工供对方画画的。”阮叶试图总结原因。

“都来开车送货了，还不叫惨啊？”小苗都要为新人司机叫屈了。

店长则抓住了重点：“他的画太工整了，缺了一点灵魂，这个灵魂则需要有对生活的独特感悟。”小苗由衷地支持店长的观点，并在欢哥准备揶揄的时候，及时地把他瞪了回去。

不过他们的讨论没有什么用，并不能帮新人司机提高画工。新人司机也一直保持卓然不群的姿态，所以也就没什么改善。直到有一天……

那天没什么特别的，新人司机依然是固定的粥配榨菜。但是他只匆匆吃完了粥，榨菜也只吃了几条，便拧紧盖子，揣到兜里。

“留着回家慢慢吃。”他对诧异的众人解释道，“我要去送货了。”

这可是比留榨菜更大的新闻，要知道他以前可是送完一趟就走，只赚保底钱的。

“我想明白了，承认养活不了自己才来开车，不丢人。以前老是放不下，觉得自己委屈了，还觉得自己是那个该被人照顾的小孩，一直怀念以前的生活。”他拍拍兜里的榨菜，“不能一次吃完啊，慢慢吃才有味道。”

“大概能成了。”新人司机开车走向下一站的时候，店长忽然下了新论断。

“因为他懂得珍惜榨菜了？”小苗不太懂，反倒觉得正相反。他这个样子，更像是完全向生活低头了，恐怕再难拿起画笔了吧？

欢哥支持小苗的看法，阮叶反倒忽略了姐妹情谊，支持起了店长。这件事成了一个无形的赌局，持续了一段时间。但是慢慢地，他们好像都忘了。直到某一天，他们发现，新人司机很久没来了。以前的司机开始固定给他们送货，手脚依旧麻利。

“听说办了画展。早说了这种人干不长的。”老司机抱怨。

竟然是店长赢了。原来榨菜还能帮着开拓艺术细胞呢，小苗没什么挫败感，倒是对榨菜起了兴趣，准备也控制一下吃榨菜的量。

几秒钟之后，她失败了：“一次就是要吃一罐啊，不然谁忍得住？”

THE THIRD CHAPTER

微波炉面

CONVENIENCE

2020.xx.xx

978-7-5594-5068-5

欢迎光临！

¥ 16.20

单品价格

寒露之后，晚上的风就开始凉了，连最能抗冻的人也不得不低头，从衣柜里抽出外套裹上。但是裹外套的速度永远比不上冷风剥夺体温的速度，在你以为穿着恰到好处时，深秋的晚上总能冻得你瑟瑟发抖。

这时候，如果你腿脚快一些，早点钻进便利店，就会发现自己重获了新生。便利店是个天生就容易产生热量的地方，里头有炽热明亮的灯光，热气腾腾的食物，还有加热的设备，就算是制冷的冰箱冷柜，最终也会把热量散发到室内。再加上室内设计紧凑，又摆满了琳琅满目的商品，因此夏天还没到的时候，就必须开足了空调来降温。

这种特点，在还没开始供暖的深秋反倒成了一种优势。走进店门的那一刻，人就马上摆脱了冷风的拥抱，被店里无所不在的热量包裹着，浑身舒服。

所以，一次又一次的秋雨过后，便利店成了最吸引人的存在。

不过，吸引的不仅是人。

最近店里来了一个不速之客，用一个来形容不太恰当，要用“一只”。这位不速之客是只橘猫，不知道何时出现的，只知道它会在夜幕降临时大摇大摆地走进店里，检阅货架上的商品，仿佛自己也是便利店的顾客。

外面冷风阵阵，因此店门都是随时关闭的，小苗每次关门时，也会小心地确认不会带其他东西进来。这只橘猫到底怎么进来的，至今是个谜。小苗曾试图把它赶出去，毕竟留在店里有捣乱店铺的危险，但她每次一靠近，橘猫便一副凛然的样子，像在申明自己作为顾客的权利。小苗倒也拿它没办法。

毕竟店里有规定，对进店的客人要热情接待。其中也就隐含了，不能以任何理由驱赶客人。不过，橘猫到底算不算客人？小苗很纠结。

好在它并不在本店捣乱，甚至比一般的人类客人还要稳妥。久而久之，小苗也就由着它了。店长也默许了。毕竟最近的天气太不好，便利店是少数可以避风的地方。店里的人对它也渐渐友好起来，甚至跟它分享自己的食物，但它一律不屑一顾，仿佛在说，它是只正派猫，不是只乞讨的猫。

现在他们叫它“橘猫老板”，因为它的神态像老板视察店铺的样子。很多人猜测过它的来处。“橘猫老板”是只流浪猫，从它的神态上来看，明显是流浪很久了，因为它可以自己搞定吃饭的问题，不必向人类低头。但阮叶却认为它是家养的，因为它脖子上鱼骨状的挂饰明显是新戴上的，它跟人接触的时候也不害怕。最后，小苗对阮叶的意见表示支持，这跟她平时习惯跟欢哥作对没什么关系，而是她偶然发现了一件好玩的事。

那天程序员照例在吃他的速食面，而“橘猫老板”照例进店视察。视察到用餐区的时候，“橘猫老板”又发扬了一丝不苟的精神，视察到每个角落。程序员却被吓了一跳，撇下速食面，身体紧紧贴着椅子背，手脚不知道往哪里放。

这是程序员和“橘猫老板”头一次见面。小苗也是头一次发现程序员害怕猫，心里觉得十分好笑。接下来的事，让她，也让所有人惊讶了。

“橘猫老板”本来对人类的动作没什么特别反应，傲气得很，但面对程序员的手足无措，它却开了恩，轻轻跳到了程序员面前的桌上。这一下，程序员躲得更远了，只是有椅子背挡着，没法彻底逃开。

“橘猫老板”根本没理会他，反而对他吃的速食面很感兴趣。研究了片刻之后，它终于把爪子伸了进去，蘸了点汤，然后放到嘴里细细舔着。舔过之后，也许是觉得很满意，“橘猫老板”喉咙里呼噜了两声，继续把爪子伸进去。程序员有心阻止，奈何慑于“橘猫老板”的淫威，动都不敢动。

这次“橘猫老板”得寸进尺，不仅喝了汤，还掏出来一根面，灵巧地塞进嘴里咂摸着。但它的神态就没有刚才那么满意了，它忽然打了个喷嚏，恶狠狠地叫了一声。程序员被吓得一个激灵，“橘猫老板”却跳下了桌子，自顾自地视察去了。

程序员劫后余生，委屈得很，一半是为了受惊的小心脏，另一半是因为钟爱的速食面不能再吃了，觉得好可惜。

其他人却开心得很，免费看了一场绝无仅有的大戏。尤其是小苗，内心甚至还有点小畅快。倒不是幸灾乐祸，实在是程序员的那碗速食面，曾经狠狠地折磨了她一阵。

说起速食面，也叫大碗面，就是碗装的方便面。你只需用热水冲泡，加入调料包，几分钟之后就可以吃上一碗热气腾腾的面。虽然说现在外卖行业发达，可以随时吃到热腾腾的饭菜，店里也摆着多种加热即食的便当，也有各种即食的面条，但是方便面的销量依旧可观。究其原因，方便面有种别的食物无法复制的风味，面条油炸的味道，加上特殊的调料味，很多人无法拒绝。所以它也始终摆在店里显眼的位置上。

程序员吃速食面可没那么简单。店里是提供热水的，所以在店里吃速食面的客人都会要一点热水，然后默默地在用餐区等面饼吸足水，散发出最好的味道。但很少有人会这么做。因为大部分顾客都来去匆匆，即使在店内用餐，也会选择便当。那些买了速食面的人，都匆匆回了公司，对着电脑吃。吃速食面还在店里慢悠悠吃的，程序员是少有的一个。

他的吃法也异于常人。他买速食面时，都要再买一瓶纯净水，不是用来喝的，而是直接倒进速食面的碗里。最开始的时候，小苗和其他人都被吓了一跳，面面相觑，方便面还能用冷水泡?

出人意料还是其次，对小苗来说，这事更多的是麻烦。程序员倒进一半纯净水，没放调料包，就端到收银台，让小苗帮忙放进微波炉里热一下。

“高火，一分钟。”他的要求非常高，甚至看到小苗试图差不多就好时，及时纠正。

一分钟以后，小苗把面递到程序员面前，但这事还没完。他此时才把调料放进去，稍微搅匀，又交给小苗："高火，一分钟。"

小苗都要翻白眼了，吃个方便面而已，需要这么麻烦吗？但是店规在上，她压住翻白眼的冲动，照办。程序员还在收银台前等着，一秒都不许差，甚至一分钟一到，就马上催小苗拿出来。

这次总该可以了吧？面条已经热气腾腾，明显吸饱了水，散发出特殊的美味。但还没完，程序员拿起剩下的纯净水，又倒了一点进去。

小苗差点要打人了。这算砸场子吗？别人给你热好了，你又加凉水进去。她屡屡向店长使眼色，请求店长允许她行使赶客的权利。但店长没理会她，她只好继续忍受。

"还是高火，一分钟。"

这个一分钟过后，小苗脸色就放松了。打开微波炉的一刹那，她就感觉到，这次的速食面跟以往那些热水冲泡的都不一样，味道好像这个店里的温度一样，让人放松。

"淀粉加热之后，再加凉水，面条会更有弹性。"程序员开始了他的长篇大论，但小苗并没有听进去，反而顺手把盛汤的勺子扔进关东煮的锅里，刚才差点动用它……

这样做出的面条好吃是好吃，但是太麻烦了。

麻烦也并不仅这一次，而是每次。此后程序员每次来都要吃速食面，一样的流程要一丝不苟地来一遍。好在除此之外他并没有其他的毛病，所以小苗也分不出他跟欢哥谁更好谁更讨厌。另外，他只是在人流稀少的晚上来，小苗有充足的时间应付他，要是白天，肯定没人搭理他。久而久之小苗也就习惯了。

但是程序员的速食面，在店里人的眼里，一直存在于理论上好吃的阶段，因为除他之外，并没有人吃过。没人敢像他那样麻烦小苗，让小苗一遍又一遍地加热。连欢哥都觉得心惊肉跳，生怕汤勺子落在自己脑袋上。他想不明白程序员怎么会有那样的胆子。

“做那种工作的，都有点过于讲究吧。”趁程序员不在，小苗总结了一下。

现在这种理论上的好吃，被“橘猫老板”给否了。所有人都一脸不过如此的表情。程序员有心解释，但也不知从何说起，只能默默承受，此后几天让小苗帮忙加热时，声音都变小了。

不过这件事目前不是最紧要的，当务之急是要找到“橘猫老板”的来处。于是，店里多了一张寻人启事，找“橘猫老板”的主人。看到寻人启事的人都啧啧称奇，一时间，夜间的人流量多了很多，不知道是进来取暖的，还是来围观“橘猫老板”的。

终于有一天，一个穿洛丽塔裙的女孩急匆匆地来到店里，跟“橘猫老板”抱头痛哭。店里的人心中一颗石头落了地，程序员心里更是轻松，终于要送走“橘猫老板”了。

但是“橘猫老板”没那么轻易离开，洛丽塔女孩千恩万谢，准备离开之时，它又把爪子搭在货架上的速食面上，向主人连声叫着。

洛丽塔女孩与它心有灵犀，马上就买了一盒，问店里能不能做微波炉面。她的套路跟程序员差不多，也是买了一瓶纯净水，不同的是，她还买了一盒鲜鸡蛋。

是的，本店还卖鲜鸡蛋。因为周围也有一个高档小区，所以本店也有社区店的部分商品，鲜鸡蛋也是其中一种。

“橘猫老板”看到这些，表示很满意。但这还不够，洛丽塔女孩好像还要在店里直接做。小苗他们目瞪口呆，微波炉面也就算了，鲜鸡蛋怎么弄熟啊?

现实总是超出他们的想象。洛丽塔女孩做微波炉面的方式跟程序员差不多，都是加水加热，加调料再加热。苦了小苗，一遍遍地给她加热。小苗头一次对把微波炉放收银台后面的决定产生了不满。

唯一不同的是，洛丽塔女孩加了一道加鸡蛋的工序。她在加入调料将面加热之后，再把鸡蛋整个打进去，放到面饼上，再进行加热。一分钟之后，她把面饼搅散，用面条把鸡蛋盖住，进行最后的加热，而后面条就完美出锅了。

这一碗微波炉面端出来，味道怎样，小苗他们不太好评判。他们都等着真正的鉴赏大师发话。洛丽塔女孩先把里面的鸡蛋挑破，用蛋黄沾了一点汤，喂给“橘猫老板”吃了，然后又给了它一截面条。“橘猫老板”吃完之后发出一声“喵”，声音里含着店里人都没听过的满足。

这一声之后，“橘猫老板”又回头，冲程序员“喵”了一声。众人听声辨意，都觉得这是在告诉程序员“这才是好吃的面”的意思。

洛丽塔女孩看着觉得奇怪，跟程序员你一句我一句地聊了起来。两人聊得很投机，尽管聊的都是微波炉面的话题。店里的人你看我我看你，传递着眼神，尽在不言中。

“在一起吧。”程序员和洛丽塔女孩走后，小苗跟其他人感慨，“这大概就是爱情。”

此后，程序员和洛丽塔女孩总在一起吃微波炉面，不知道是偶遇还是约好的。两人中间还有“橘猫老板”坐镇。几次之后，小苗强烈要求把微波炉挪出去，让顾客自力更生。

直到有一次，程序员和洛丽塔女孩交换了彼此的微波炉面。

从那之后，店里的人再也没见过洛丽塔女孩和“橘猫老板”，只剩程序员一人默默地吃面。

“她的面不对味。”程序员这么解释。虽然两人的做法相差不大，但在某些关键（据他所说，但其他人没觉得）的步骤上有差异，味道也有了巨大差别。两人也因此不再投机。

照此来看，微波炉面也是个很私人的食物，每个人最喜欢的口感不同，也许只差一点点，但是吃到嘴里，只有自己知道。

“这些吃面的人，要什么爱情？”看不到爱情戏码的小苗悻悻地总结。

THE THIRD CHAPTER

起泡酒

CONVENIENCE

2020.xx.xx

978-7-5594-5068-5

❋❋❋

欢迎光临！

¥ 17.00

单品价格

一般人不会在便利店里喝酒，能在便利店里喝酒的都不是一般人。

这是便利店著名哲学家苗·巴耶娃的名言，鉴于她本人也经常在店里喝上一小口啤酒（当然是正式上班之前），所以也就默认她把自己划到“非一般人”那一类了。

不过这事她拒绝承认，“奶啤不是啤酒”“啤酒沫子能叫酒吗”，她的理由层出不穷，只为证明自己还是个一般人。毕竟，在她看来，一个人在店里冷冷清清地坐着，喝那种叫“酒”的东西，该多寂寞啊。

在大部分人的印象里，喝酒，就是要一群人热热闹闹的。不仅要有酒有朋友，还要有菜，凉菜都显得冷清，一定要是热菜。喝酒途中菜凉了，还要回锅一下，才能续得上这热闹的酒局。

哪怕是冰啤酒，热菜也是正常的搭配（顶级搭配是热汤）。小苗经常在心里吐槽，既然要追求冰凉，为什么还要吃热菜，那样不就升温了吗？

吐槽归吐槽，总之，酒是不能跟“冷清”沾边的，不然气氛就会有些悲凉。

这种情况下喝酒，统称为“喝闷酒”，老酒友们都会很警惕。喝闷酒的人，要么边喝酒边眼含泪花，要么会酒后暴怒，总之，喝闷酒不是什么好的征兆。所以，当人们看到一个人独自喝着，哪怕他拿的是啤儿茶爽（某种像酒但不是酒的饮料，已经被淘汰好久了），都会上去问一句“喝闷酒呢”，试图打破这种冷清的局面。

但是小苗也说不清，一个人在店里喝酒和一群人在店里喝酒，哪个更值得警惕。总之这都不是她欢迎的类型。

偏偏便利店还是卖酒大户，除了冷藏柜里冰得凉凉的啤酒，还有一整个货架的常温酒。入秋之后，冰啤酒的销量走低，常温酒却长盛不衰。从经典的二锅头到网红某小白，还有日式的梅子酒等各种加了果味的酒，各种各样，所有常见的不常见的，只要是在某类酒中畅销的，都会出现在这个货架上。当然，货架的最上层，绝对是摆满了葡萄酒。

小苗还是很喜欢葡萄酒的，并不是因为喜欢喝，而是因为它安全。

“绝对不会有人在店里喝葡萄酒的。”她断言。虽然大部分喝红酒的人都把红酒跟啤酒、白酒混为一谈，铁打的杯子，流水的酒，但真正的葡萄酒爱好者，至少要备齐了开瓶器和某款高脚杯吧。

开瓶器店里有卖，高酒杯嘛，嘿嘿，这是小苗觉得葡萄酒安全的最大原因。

不过，没人知道走进门来的是怎样的人，也没人知道在夜色的掩映之下，人到底是怀着怎样的心绪。就在小苗暗自庆幸的时候，真的有人进来买酒了。

还是个女人。

之所以要强调一下性别，是因为进来的人跟小苗和阮叶有着明显的差别。小苗真的天真，阮叶假装沧桑，本质上都还属于女孩级别。而这个女人，真的已经是女人了。她虽然脸上的皱纹少于同龄人，但眼睛里有着厚重的生活痕迹，是在家庭生活中浸润太久的缘故。也许她有一个孩子，或许两个，所以神色中显现出磨砺后的平静。

虽然这样的夜晚不值得化妆，但她也稍微修饰了一下，掩盖了整日的疲惫，让本来的容貌朴素地展现出来。小苗能看得出来，若是倒退十几年，她会比阮叶还要惊艳。

她现在也很让人惊艳，除了外貌，还有她买酒的行为。

她买的酒倒没什么稀奇的，是一款起泡酒，就是会起泡沫的葡萄酒，一般被认为是香槟，两者之间虽然有小小的区别，但也差不太多。起泡酒倒进酒杯以后，会有很多泡沫洋溢出来，跟啤酒泡沫的细腻比起来，起泡酒的泡沫显得更加热情。

起泡酒跟一般的葡萄酒比起来，甜味更多一些。很多喝酒的人听到这里会不屑一顾，会说："那也叫酒吗？"所以起泡酒也经常被当作餐前酒，或者餐后配甜点用，很多人把它当饮料看待。但是要小心，甜甜的口感背后，是非常猛烈的醉意，很多不明情况的酒友都在它身上倒下过。

女客人拿了起泡酒之后并没有直接离开，而是指着放冰激凌的冰柜道："可以在那里面放一会儿吗？"

小苗每天要面对无数奇怪的要求，眼前这个只是其中一个，但也足够让人惊骇。后来小苗才明白，她是打定了主意要在店里喝酒，所以才想把起泡酒放到冷柜里冰上一冰。

小苗脑子有点转不过来，这个要求不是什么出格的事，但是冷柜里都是码得整整齐齐的冰激凌，忽然放进一瓶起泡酒，好像也很奇怪。好在店长解决了她的纠结，让对方放了进去，毕竟已经到了深秋，且是半夜，能在现在吃冰激凌的人，也不会对冰柜里有瓶起泡酒感到大惊小怪吧?

起泡酒饮用前冰上十到十五分钟，口感最好。这个问题解决了，杯子怎么办呢? 小苗看着她，期待她只是冰了酒就走，没办法呀，巧妇难为无米之炊。没想到她没按常理出牌，直接在货架上拿了一包纸杯。

小苗心里大叫失策，但也只能眼睁睁地看着她拿着冰好的酒，又买了开瓶器，万事俱备。

在店里人面面相觑的围观中，一声清脆的开瓶声响起，泡沫没等太久，就冲进了纸杯里，发出噼里啪啦的声音。纸杯从来不会掩饰声音的。

她慢悠悠地喝了五杯，好像这里是她一个人的空间，不必在乎其他人的目光。事实上，无论是欢哥和阮叶这种不喝酒的，还是小苗和店长以及程序员这种不能喝酒的人，此时都放下了手里的事，默默地关注着她，看着这个用纸杯喝起泡酒的人，品着，嘬着，回味着。纸杯在她的手里，居然显得比那些高脚杯还要高雅。

喝完之后，她顺手把新开封的纸杯、开瓶器，当然，还有半瓶没喝完的酒，扔进了垃圾桶，飘然离去。

“太浪费了吧。”小苗冲着其他人伸舌头。虽然这些东西加起来并没有多少钱，但这种喝酒的方法也太不经济了。

不过，从她的神态来看，好像追求的只是一时潇洒，并非经济。此前的一段时间，她几乎天天来，每次都是如此，只喝五杯，绝不贪杯，也不跟其他人交谈，更不会打包。小苗他们终于给她定了名字——“潇洒姐”。

这种潇洒，也不是每次都有。某一次，“潇洒姐”第五杯没喝完，就收到了信息，急匆匆离去，桌上的东西都来不及收拾。这倒让店里的人奇怪了很久。

“问清楚了，是住在附近的人。”欢哥又发挥特长，打入了周围大爷大妈的情报网中，“据说是她老公在外面有了情况，两人离婚了。男的净身出户，她一个人带一大一小两个孩子。”

“那不挺好吗，干吗天天半夜喝闷酒啊？”阮叶一脸快意和不解。

“好什么呀？她老公离都离了，还时不时地回来，当自己是一家之主那么住着，赶也赶不走。”

“啊，那确实得喝闷酒。”想想那种情景，小苗都觉得窒息。

“潇洒姐”再来店里的时候，没等拿酒，小苗就递给她一个东西。那是上次剩下的半瓶酒，用保鲜膜封了口，放在厨房的冰箱里（店长特批的）。至于纸杯，这次店里免费提供了。

“潇洒姐”有些意外地接受了小苗的好意。这次没了开瓶时的吵闹，店里却有些热闹，大概是因为喝酒的人不再冷清了。

“就是没法在家里待下去，没法面对那张脸，又不好放下孩子不管，只能等他们睡了，我一个人出来静一静。”在小苗和阮叶鼓起勇气问她为什么出来喝酒之后，“潇洒姐”终于开口，“这么一来，好像犯错误的是我，他反倒是个回头的浪子。”

接下来几天，店里专门为“潇洒姐”开了存酒的服务，“潇洒姐”也偶尔分享一下最近事情的进展——显然没什么进展。

但是，不知道从哪天起，“潇洒姐”开始有点开心了，连起泡酒都要比以前多喝一杯。

“不知道为什么，这几天他时不时地就抱我一下，问他怎么了他又不说，我俩好像回到了刚认识的时候。”“潇洒姐”满面春风。

“这是好事吧？”“潇洒姐”走后，小苗向其他人确认，“她老公真的浪子回头了？”

只有阮叶完全同意她，程序员不明所以，店长和欢哥则一脸沉默，兼不以为然。小苗被他们的神情弄到心里发毛，一连追问了几句，才让他们开口。

“男人吧，你别看他成熟稳重的，在这种事上都像个小孩。小孩子犯了错误，就会表现得跟父母特别亲密，一是为了不想让父母发现错误，心虚，二也是愧疚，想用这种方式来弥补。”欢哥这话获得了店长的肯定。

阮叶和程序员根本不明白，这两者好像没什么关系，但小苗捕捉到了一点两者之间的联系，“也就是说，她老公赖在家里，充当男主人的时候，也还在行出轨之事？”

欢哥和店长纷纷点头，表示小苗已经抓住了事情的本质。其他人恍然大悟的时候，小苗却觉得不对味，欢哥是个老油子，有过花花肠子也说不定，店长为何也这么懂？

果然，“潇洒姐”隔了一段时间再来的时候，脸色又恢复了从前的颜色。她老公，不，前夫，又被发现“出轨”了。这次，他没法再以男主人自居了。

“我把他的东西都扔了，他不想走也得走。”“潇洒姐”快速喝光杯子里的泡沫，“以前总想着，他自己知道好歹，或者孩子讨厌他，不让他在家里待，要么是他父母能劝劝他。现在想明白了，他是我的负担，得我亲手解决才行。”

这次她没有适可而止，五杯，六杯，直到瓶子几乎见了底。小苗看得心惊肉跳，“闷酒定律”开始发挥作用，忍不住想劝她少喝一点。

一旁的欢哥摆手示意，让小苗不要劝。“潇洒姐”好像并没有喝多，一瓶酒喝完，也只是微醺而已。这天她穿了一件米色的厚风衣，出门的时候，风衣快意地敞着，陪着她走入门外的深夜。

小苗终于可以开口，问欢哥为什么拦着自己。欢哥喝一口冰红茶，故作高深地道：“人嘛，到了这个岁数，追求的就俩字，自由。现在她把前夫扫地出门，孩子又大到不用很操心，多好的状态啊，想干点什么就干点什么吧。”

小苗回头看店长，发现他也是这个态度，也许不是针对“潇洒姐”，也许是便利店的准则，不对顾客的私事横加干涉。

在那之后，“潇洒姐”很少来店里了，即使偶尔来，也是白天来得多，而且再也没买过起泡酒。主要是因为她在家里添了个大酒柜，酒柜里放满了酒。放在以前，他前夫是无论如何也不会让她买的。估计她也不会再用纸杯喝酒了，不过嘛，用什么杯子也都可以。

“自由嘛。”欢哥嘬一口冰红茶，美滋滋地评价。

小苗忽然明白欢哥为什么不怎么缺钱，还要天天跑车，也不找个老伴，大概就是享受这种自由的感觉吧。不过她跟欢哥对质的时候，欢哥又顾左右而言他，想要预订临期盒饭。

人跟人不一样，所想的自由，真是千差万别。

另外，便利店一般不提供存酒业务，不过，如果你在深夜走进某家店，会有惊喜也说不定哦。

THE THIRD CHAPTER

魔芋丝

CONVENIENCE

2020.xx.xx

978-7-5594-5068-5

❋❋❋
欢迎光临!

¥ 17.80

单品价格

关东煮锅里的魔芋丝又剩下了!

魔芋丝是个很神奇的东西，不仅仅体现在名字里有个“魔”字。它跟粉丝一样，本身没什么味道，在汤里煮过之后，就会饱饱地吸上汤汁的味道。

不过，魔芋丝跟粉丝不同，粉丝下到锅里之后，要赶快捞，不然就会烂掉，甚至溶化在锅里。魔芋丝不会，它生来就是细软丝滑，无论煮多久依旧是那个样子。所以，所有便利店都喜欢魔芋丝，它跟关东煮简直是绝配，放进锅里可以不用特意照看。有人想点关东煮时，它也会随时展现最好的状态，软弹、丝滑，吸饱了所有配料的味道，吃到它就等于吃到了整个关东煮。

如果只受到便利店的青睐，魔芋丝就不会那么神奇了。它也是顾客 们的心头好。最吸引人的一个特点：它是低卡，甚至零卡的。人吃多了粉丝会有心理负担，吃魔芋丝绝对不会有。人生难得放纵，魔芋丝可以满足你。

无论对便利店还是对顾客，魔芋丝都有着神奇的吸引力，仿佛发出声声呼唤，让人不由自主地选择它。

因此，魔芋丝是最不可能剩下的食物。

也正是因此，小苗看着锅里剩下的几团魔芋丝，有种恍惚的感觉，仿佛看到了世界末日。到半夜十二点前，关东煮锅里的东西要清完，汤要全部丢弃。第二天要保证关东煮从汤到食物都是全新的。店规是这样的，但一般便利店到夜里十点左右，关东煮就基本都会卖完。本店情况特殊，深夜还会有几个小高峰，但到临近半夜的时候也都会卖完。

这是出于合理控制成本的考虑。每天店铺负责人，也就是店长，会预估第二天的汤和食物的用量，早上、中午以及晚上各加多少，既能尽量满足每个时间段顾客的需求，又可以避免浪费。这是个技术活，需要有经验的人来负责。

要是店长来做，应该不会出问题，但这两天是小苗负责的。

店长大概是想锻炼小苗，所以把预估货量的工作交给她。小苗根据近期商品每天的销售量，结合季节的变化，估算出每天订货的数量，然后店长根据这个数量再在系统上订货。

本来小苗还有些忐忑，担心做得不好，但看到是这个流程，满心以为店长会再复核，也就稍稍放下心来。但店长并没有复核，而是直接下了订单，于是小苗加倍忐忑了。

事实证明，小苗的预估做得挺好的，并没有特别大的出入，除了魔芋丝。

“昨天就剩了一次，今天怎么还剩？”小苗很焦虑。

之所以焦虑，并不仅仅为了魔芋丝，而是因为预估货量的是小苗，担责任的却是店长。况且接连两天出现预估失误，问题也许会很大。

眼看着时间越来越接近半夜，小苗开动脑筋，试图解决眼前这几团“麻烦”。结果她找遍了店里人，都吃了闭门羹。欢哥一如既往地抠门，要花钱的东西不要，即便不花钱，他对魔芋丝也没心思。

“有什么好吃的？甜不甜辣不辣的。”在欢哥眼里，魔芋丝连零食都不如。

意外的是，阮叶竟然也拒绝了。她要保持身材，本来爱魔芋丝爱得要死，但是这几天气温骤降，忽然开始喜欢吃重口味的食物，对它提不起兴趣。至于程序员，小苗直接目光扫过他，在心里删掉这个选项。程序员本来就很瘦，看起来很需要营养，就不要浪费体力吃这个了。

“昨天不是有人救场吗？今天说不定他也会来啊。”“没义气”的阮叶试图给小苗指点迷津。

严格来说，昨天的魔芋丝并没有剩下，而是等到十二点，小苗怀着绝望的心情要丢弃它的时候，来了个人，把它们包圆了。

这事不仅阮叶印象深刻，小苗和其他人都记忆犹新。因为此人实在是特征明显，高壮如铁塔，比店长还要高和宽，进门的时候几乎要把上方的灯光全遮住，与此产生强烈反差的是，别人大半夜加餐，都会吃点能真正填饱肚子的，他却只吃那些魔芋丝。根本不够他塞牙缝的呀。

这些还不是最吸引眼球的。真正让小苗他们记住他的，是他背着一个跟他身材很搭的大包，里头装满了冥币、纸包袱之类的东西。这样的搭配，实在是不关注不行啊。

但是，昨天魔芋丝能在最后关头消耗掉，只是运气，总不能今天也有人出来救场。小苗看着时间不多了，都准备自己把剩下的魔芋丝买下来了。

“他肯定会来的。”欢哥忽然很确定，但给出了一个无厘头的理由，“过几天是寒衣节呀。”

这个梗很冷，小苗他们面面相觑，感觉到了跟欢哥之间的代沟。

“寒衣节都要烧纸和衣服给去世的亲人，烧了之后，肯定不能所有人都来取，那不就乱套了吗？那边得派一个使者来拿，所以他才背那么多东西。”

冷气瞬间传到小苗后背，她跟阮叶搂在了一起。旁边的程序员想凑过来又不敢，只能搂住自己。

也许是欢哥的乌鸦嘴有灵，没过多久，“铁塔”又出现了。他刚进门时，店门被他堵得严严实实，连风都进不来。“铁塔”径直走向关东煮，照旧要把那些魔芋丝包圆。

小苗本来应该开心的，但是听了欢哥的话，又看见“铁塔”背着更多的冥币和包袱，背上汗毛一阵阵地竖起来又倒下去。果然被欢哥说中了，过几天是寒衣节，业务量大，所以他背的东西更多了。这行相当于那边的快递小哥，也分旺季和淡季。因为是使者大人，所以不需要高热量食物，魔芋丝就好了。小苗一阵胡思乱想。

但是胡思乱想没什么用，“铁塔”还等着她盛魔芋丝呢。小苗战战兢兢，被阮叶推了过去，几乎连夹子都拿不稳。

“这点够吗，用不用再加点？”盛完之后，小苗觉得有点怠慢了使者大人，毕恭毕敬又哆哆嗦嗦地问道。

“铁塔”一脸迷惑，后边坐着的欢哥忍不住了，把冰红茶从鼻子里喷了出来，边咳嗽边嘿嘿笑。小苗这才反应过来，心想待会儿一定联合阮叶，连程序员也算上，让剩下的冰红茶全从欢哥鼻子里走一遍。

店里的气氛紧张之后又恢复平静，但“铁塔”毫无知觉，迅速吃完魔芋丝，喝完杯中的汤，就拎着包匆匆离去。他在的时候，小苗等人心有余悸，没开口搭话。但瞧这样子，应该是去某个路口烧纸，祭奠亲人。只是不知道为什么现在烧，离寒衣节还有几天呢。

“大概是怕当天网络不好，钱和衣服送不过去，所以错峰烧纸。”小苗总是能找到理由。

此后几天，小苗每天都能看到“铁塔”过来，似乎每天带的纸钱和包袱都比前一天多。虽然不知道为什么，但小苗还是跟店长请示，每天多留一些魔芋丝在关东煮锅里。即便不是使者大人，晚上也要吃饱呀。

也许是感觉到了魔芋丝数量的变化，“铁塔”在结账的时候，向小苗微笑点头，以示感谢。有了笑容，“铁塔”看起来就没那么吓人了。

不过小苗还是想知道他为什么这些天一直在烧纸，一般人都是烧一次，略表心意就可以了，烧得太多，怕是那边都要通货膨胀了吧？

寒衣节当天，“铁塔”再来的时候，显得特别疲惫，也特别饥饿，包里的纸钱等东西也装得松松垮垮的，甚至露出上面的字，隐约能看到“亡妻”等字样。

店里的人大概都看到了，你瞧瞧我，我瞧瞧你，出奇地安静。小苗忍不住旧话重提：“魔芋丝吃不饱的，要不要来点别的？”

“铁塔”摇摇头，一脸憨厚：“十几年了，吃习惯了。”看小苗他们一脸迷惑，又加了几句，“我夜里容易饿，又容易血脂高，我老婆只让我吃这个，变着花样地做。以前吃得烦，现在改不了了。”

他说完又沉默了，轻轻地拍了一下身边的包，仿佛想说的话都在那里面。他走后，店里依旧沉默，大概是节日的原因吧。

第二天，小苗照例多加了几个魔芋丝。不过这次“铁塔”没有来，小苗这才反应过来，寒衣节过了。但是奇怪的是，此前几天，预估数量正常的魔芋丝都会剩下几个，这次却恰好把正常数量消耗完了，只剩下了小苗多加的那几个，好像那些魔芋丝是特意为“铁塔”剩下的一样。

也许是某种巧合吧，小苗搞不清楚，反正在魔芋丝的预估上，她觉得自己一塌糊涂。不过在她看着剩下的魔芋丝一筹莫展的时候，店长却夸她做得很好。

最后她自己买了单，把剩下那几个分给其他人。意外的是，连欢哥都想分一个。外面秋风瑟瑟，店里人坐在一起，等着小苗分魔芋丝。

“魔芋丝吸的不是汤，是之前所有食物的回忆。”小苗吃着，忽然感慨。

其他人都不说话，默默品着。

THE THIRD CHAPTER

巧克力慕斯

CONVENIENCE

2020.xx.xx

978-7-5594-5068-5

❋❋❋

欢迎光临！

¥ 18.40

单品价格

“啊，过分！”

让小苗如此气愤的，不是什么人，而是一份外卖。如果是人加外卖，大概也不会这么生气。用餐区的桌子上，孤零零地摆着一份包装完好、热乎乎的外卖，不知道是谁的。

更诡异的是，她并不知道这外卖是怎么来的。

所有便利店门口都会安装感应系统，有人进出门就会触发感应，然后响起甜美的或者一本正经的喊“欢迎光临”的声音，主要作用是让店员知道有顾客进门。那些大型连锁的便利店，不说“欢迎光临”，他们定制了专属的进门音乐，柔和鲜明不突兀。如果你去得久了，闭着眼睛，仅凭进门音乐就能知道到了哪家便利店。

本店也有进门音乐。进门店工作之前，小苗接受了无数次培训，其中一项就是，听到进门音乐响起来，要喊一声“欢迎光临”。小苗曾经在培训时无数次吐槽，既然要欢迎光临，进门音乐设置成“欢迎光临”就好了嘛，多此一举。

吐槽并没有什么用。小苗现在感觉自己有点被催眠的症状，无论是反复重复的培训，还是长时间的工作习惯，让小苗形成了条件反射，听到进门音乐就要马上抬头，说一句“欢迎光临”。回到生活中之后，听到类似旋律的音乐，小苗都要很辛苦地忍住，才能不当场出糗。

不过，小苗观察店长，发现他好像没有类似的困扰，听到类似音乐眼皮都不抬一下。观察久了，她发现店长听到店里的进门音乐时也是这样，有时都不说“欢迎光临”，偶然才懒懒散散地说一句。

不专业，小苗经常气呼呼地想。

说这么多，是为了证明小苗对进门音乐的敏感度。要是有人进门送外卖，一定会有音乐响起，小苗一定会知道。但是，诡异就诡异在这个地方。当进门音乐响起的时候，小苗在整理收银台下面的柜子，她说完“欢迎光临”，站起身，就只看见外卖摆在桌上。

店里没人，只有残存的风微微流动着。

难道是闪电侠出来送外卖了？小苗尽量不往灵异的方面想。或许是送错了，谁会在便利店点外卖啊？但她看到外卖单上的信息后，诧异变成了气愤。上面的地址分明是写的这里，至于订餐人的名字，既不是她也不是店长，是个姓吴的人。

是谁，竟然敢在本店吃外卖，还是外卖先到人后到？虽然本店没有禁止带外食的规定，但小苗总是觉得怪怪的。

就在小苗左等右等等不来“真凶”，准备把外卖收掉的时候，欢哥嬉皮笑脸地冲了进来，速度之快，进门音乐都有了延迟。

“我的我的。”欢哥接过外卖，坐在桌前就掰开了一次性筷子。还没开吃，就对上了小苗那双能喷火的眼睛，欢哥哆嗦了一下，赶紧又买了一瓶冰红茶。

欢哥不是每天都要等临期盒饭吗，怎么忽然大手笔点上外卖了？小苗正要痛斥加审问一番，阮叶也从外面进来，提着一份看起来新鲜热乎的外卖，还带着外卖单，大约也是外卖先到人后到的套路，只不过赶巧了，人恰好在门口接到外卖。

“你们没义气啊。”小苗发现两人吃的都是咖喱鸡肉饭，更是气愤难平，同时看着店长，想让他评价两人的行为。店长跟每次听到进门音乐时的反应差不多，懒懒散散的，反而问起与外卖相关的问题。

“最近‘双十一’，外卖平台也做活动。这么一份，加上红包再加上优惠，才五块五。”欢哥一脸捡了钱的表情，眼周的褶子都挤成花了。小苗忽然想到，欢哥的外卖单上写着他姓吴，配上欢这个字，顿时跟眼前这张脸产生了巨大的违和感。

“我也是，没想到夜里还有饭馆接单，做得还挺好吃。”阮叶看小苗眯着含了谴责之意的眼，讨好似的递上盒饭，想让小苗也尝一口。

小苗拗不过，尝了一口。并没有很好吃嘛，大概是护短的心理作祟，小苗总觉得店里的才是最好的。不过咖喱很热，仿佛刚从锅里盛出来一样。夜里有饭馆做饭已经很难得，更难得的是，还有送外卖的小哥接单。

“当然有了。晚上没有白天那么堵，跑起来痛快。再说跟你抢生意的也少，说不定赚得比白天还多。”欢哥虽然说得有理有据，但总给人感觉是在说他自己。

“你们看到那个外卖小哥长什么样子了吗？”小苗想起那个凭空出现的外卖，盘算着要是用这种速度送外卖，一晚上能赚多少。

欢哥自然没看到，至于阮叶，她竟然也没看到。

“我就跟他说在便利店门口，结果我刚到这儿就一个黑影过来，手里就多了个外卖。”

“这也太快了吧？”小苗觉得真有可能是闪电侠化身外卖小哥，给欢哥和阮叶送外卖的，是同一个人。虽然说有阮叶天生反应慢的因素在里面，但快到这种程度，也不是一般的人类了。

在小苗的想象里，外卖小哥在全城穿梭，（大概全城的外卖都是这一个人送），闪电一般，每一单外卖刚刚下达，他就已经取走，瞬间送到客人手里。蝙蝠侠用自己的能力拯救了高潭市，而外卖小哥则用能力拯救了每一个在夜里嗷嗷待哺的胃。

要是有这样的超能力，小苗大概就不用精神紧张了。她可以在音乐响起的瞬间分辨出来是不是进门音乐，然后用最快的速度说出“欢迎光临”，顺便连懒散的店长那份也说了。

这种想象虽然没什么意义，但是对于度过漫漫长夜却很有帮助。人总得在无法入睡又无聊的时候做点什么，比如阮叶跟一个帅哥在手机上聊得火热，欢哥刷着小视频，程序员在发呆，想什么不知道，大概在心里敲代码。店长，是一如既往的懒散神态。各人做各人的事，相当于在这个深夜各自禅定。

不过他们的禅定很快被一阵微风和之后的进门音乐打破。小苗回过神来，发现店里多了一个人。一个穿着外卖员冲锋衣的人，正站在冷藏柜前左看右看，主要盯着下边几层的甜品。

小苗跟其他几个出了禅定的人使眼色，无声询问这个人是不是刚才的外卖小哥。欢哥和阮叶一脸迷茫，表示无能为力。这样一来，小苗反倒确信了——晚上就没几个外卖小哥，速度这么快的就更少了。

但是此时的外卖小哥速度却慢了下来，大概是收了工。他在冷藏柜前转了半天，最终回到了收银台前，问的问题却不太符合小苗心中超级英雄的形象。他问的是，巧克力慕斯可不可以尝一下再买。

小苗微微嘟嘴，这是什么要求？头一次见到。不过她在店里见过很多奇怪的顾客，此类要求也并不算太过出奇。只不过刚才外卖小哥在她心里的形象大打折扣，颇有失落感。

“我们店里的巧克力慕斯很好吃的，又不贵，直接买一个嘛。”小苗拒绝了他的要求，觉得自己有点残忍，又极力推荐了一下。

外卖小哥反倒比她更不好意思，犹豫半天，终于恋恋不舍地离开，背影透着点遗憾。

“为什么要吃巧克力慕斯啊？那不是你们女孩子吃的东西吗？”欢哥一脸好奇。

“大概要防晒黑吧，巧克力可以预防黑色素的。”阮叶不知道从哪里学来的美白秘方。欢哥对此表示无法理解，晚上怎么可能被晒黑？

“晚上才是最可怕的。月光都是反射的太阳光，紫外线也很强，不注意防晒的话，不知不觉就被晒黑了。”

小苗不自觉地看向欢哥，觉得他可能是月光的直接受害者：“不过，直接买就好了嘛，为什么要尝呢？”

话虽如此说，但想起那个遗憾的背影，小苗还是有点于心不忍。接下来的几天，她都提着耳朵关注门口，希望在音乐响起的同一时间，截住那个外卖小哥。但是那几天都没有异常的响动，大概因为欢哥和阮叶没有点外卖。

终于某一天，伴着进门音乐，那个外卖小哥再次进来，把一份外卖递给欢哥。这次速度可慢多了呀，小苗心想，不过这正合她的心意。

“那个，巧克力慕斯这几天做活动，”小苗编不出来到底有什么活动，只能胡乱带过，“可以试吃，然后再买。”

外卖小哥抬起脸，小苗这才发现，外卖小哥速度慢下来是有原因的，他的脸上写满了疲惫。他一脸感激地点头，那天的不好意思又出现了。

小苗拿了一盒巧克力慕斯，趁外卖小哥在用餐区坐着，没往这边看，点了付款。至于钱，她想，待会儿从自己口袋拿吧。转身的时候，小苗正对上店长懒散的眼神，他好像看到了，又好像什么都没看到。

小苗向阮叶和欢哥使个眼色，两人心领神会，凑了过来，欢哥带了点不情愿，毕竟是“女孩子吃的东西”，不过自从阮叶说能预防晒黑，他倒还挺期待。

巧克力慕斯蛋糕也就小小的一个三角块，没有多少，小苗把它分成几块，示意在场的人可以分着吃完。但外卖小哥也就刮了一点点，放在嘴里仔细地尝了尝。尝完之后，他脸上的不好意思缓解下来，成了柔和，还有点得偿所愿的神色。

外卖小哥没再说话，小苗等人都在看他的表情，自然也没有出声。他转身从冷藏柜里拿了一个新的巧克力慕斯，付钱之后消失在门外。这次速度快多了。

“这是好吃还是不好吃啊？”欢哥依旧在观察着自己那块，旁边的阮叶正在一丝一丝地享受着，已经快吃完了。

“当然好吃！”小苗想给他抢回来，欢哥却一把护着。

小苗道：“不吃就分给我们，别浪费。”

就算没这件事，小苗也惦记巧克力慕斯好久了。加入本店的员工，尤其是女员工，都会不可避免地长肉，主要原因在甜品身上。公司开发的甜品，至少小苗是这么认为的，业内第一。

不同品牌的便利店各有不同的长处，本店所属的公司，则在甜品上独树一帜。大概是甜品开发团队比较强大吧，至于强大在哪里，小苗也说不上，也许都跟自己一样，特别喜欢吃甜品。

这款巧克力慕斯跟店里其他的甜品一样，虽然都是出自统一的烘焙工厂，但工艺和配料是经过公司确认的。尤其是里面的奶油，使用的是公司指定的品牌。据说公司曾经跟几个烘焙工厂解除了合作，就是因为这个品牌奶油太贵，工厂不肯用。

这种较真，小苗以前听的时候觉得没必要，但当她真正把巧克力慕斯放到嘴里的时候，差点喊出“这个决定太英明了”。也许就是因为那款奶油，巧克力慕斯的口感特别顺滑，几乎不需要咀嚼，就会化在舌尖上。

从那之后，外卖小哥隔几天就会来一次，都是在两三点钟，大概是收工的时候，买一盒巧克力慕斯。但他从来没在店里打开过，而是仔细地将其包好，带着它跨上摩托，冲进夜色里。

关于他为什么不在店里吃这一点，店里人私下讨论了一下。

“好东西嘛，当然要回家躺在床上吃。”欢哥的结论最离谱。

某一天，外卖小哥再次出现在店里，这次比任何一次速度都慢，而且没穿外卖专用冲锋衣。他不再送外卖了，来这里是为了买巧克力慕斯，顺便说声感谢，为了那次试吃。

“干吗不送了？‘双十一’多挣钱啊。”欢哥总是关注到其他的点上去。

“我白天有工作，这段时间是为了给女儿凑学费才出来做兼职。”原来是个单亲爸爸。

“前段时间女儿想吃巧克力慕斯，买给她吃她又不是很开心。她虽然不说，但我能看出来，她是想她妈妈做的巧克力慕斯了。她妈妈还在的时候，最会做这个。我手笨，做不出来那个味道，只能一家一家蛋糕店碰运气，看哪家店的味道和她妈妈做的一样。”

小苗感觉胸前又充满了气，得意地向欢哥他们使眼色，好像自己带领便利店（还有公司吧）打赢了一场无形的战争。“这里的巧克力慕斯就是最好的。”不枉她悄悄长出的几斤肉。

巧克力慕斯和夜色很相近，融进里面无法分辨，只能从味道里寻找。小苗看着外卖小哥远去的背影，忽然有些遗憾，这个城市少了一位守护夜晚的超能侠客。

“果然是小女孩爱吃的东西啊。”欢哥终于吃了一点巧克力慕斯，得出结论。

THE THIRD CHAPTER

拿铁咖啡

CONVENIENCE

2020.xx.xx

978-7-5594-5068-5

欢迎光临!

¥ 19.30

单品价格

不知道从什么时候开始，也许是天气开始降温的时候，也许是店里穿梭的人口头感叹着寒冬来了的时候，本店咖啡的销量忽然涨了起来。

是的，本店有咖啡卖，不仅仅是柜台上摆着的速溶咖啡，还有正经八百的现磨咖啡哦。虽然是出自自动咖啡机，一键出咖啡的那种，被很多人吐槽没有灵魂，但至少是新鲜滚烫的（夏天还可以加足足的冰块）。

最重要的是，跟一些咖啡店要三十多块钱一杯不同，这里十元左右就可以点一杯热乎乎的咖啡。十元左右，有左也有右哦。

刚刚进到店里时，小苗看着咖啡机，还在暗暗担心，为本店的销售任务捏了一把汗。在她的想法里，咖啡大概只有在大店才好卖。

出乎她意料的是，本店的咖啡竟然出乎意料地好卖。不仅本店，其他品牌的便利店都在做咖啡，甚至把它当成一个值得竞争的业务，发展了自主品牌。

便利店的咖啡五花八门，本质上都差不多，都是由咖啡机倾力制作，本店也不例外。唯一的不同点，大概只有咖啡机的摆放位置了。在本店，咖啡机举足轻重，被放在了收银台后面，跟微波炉平起平坐。这可是跟关东煮并列的黄金位置。

尤其是在销量看涨的现在，咖啡机显得更加金贵。能为本店创造利润的商品，都会受到这样的待遇。甚至还要趁着势头不错，来一两次促销，要么第二杯半价，要么直接打折，或者跟三明治什么的来个捆绑促销，以便创造更多的销售业绩。

不过，这一切都跟小苗没什么关系。

因为，没人会在晚上喝咖啡。

那台咖啡机创造的热闹，都跟小苗扯不上什么关系。她跟它仅有的接触，就是确保它在清洗，免得被管路里面残余的咖啡堵塞。但这个也是咖啡机自己完成的，小苗只是旁观者。

那么些好玩的事情都跟自己无关，小苗很郁闷，时常坐在用餐区，看着咖啡机发呆。不过，她倒不是一个人。

欢哥最近生意不太好，正在唉声叹气；阮叶刚经历了毫无意义的加班，正处在待机状态，恢复元气中；程序员则头一次早下班，处在深深的迷茫之中。倒是店长，站在收银台后面，神态一如既往地懒散。

小苗忽然想到，应该给店长来一杯咖啡，增加夜间销售量的同时，也可以提神醒脑，改善一下本店的精神面貌。要知道，每次有人进店，小苗都能中气十足地喊出“欢迎光临”，而店长则是十分应付。毕竟是一店之长，有圆滚滚的身材，和常年无法消除的黑眼圈也就算了，精神状态一定要喜人才行啊。

不过在她付诸行动之前，有人抢在了她的前面，替她完成了其中一条：增加了咖啡销售量。这事推翻了小苗的结论，真的有人在夜里买咖啡。不过，便利店的客人嘛，什么样的都会有，买什么东西也百无禁忌，见怪不怪已经是本店不成文的店规里的头一条。

那是个女孩，不过小苗不该这么说，因为她比小苗大上一些，但也没有大很多。一身职业装，外面草草地罩着深灰色大衣，黑发又长又直，扎成了干净利落的马尾。看起来像某金融公司的员工，做了有一段时间但也不会太长。大概是要熬夜加班吧，所以才大半夜喝咖啡，小苗心想。

“马尾女孩”点了一杯拿铁咖啡，又在柜台那里加了两个奶球和两包糖。小苗看得稀奇，拿铁里面已经有好多牛奶了，还要加牛奶吗？况且加那么多糖，热量很高的。

不过她心里想什么，不能影响“马尾女孩”的决定。“马尾女孩”又买了一个饭团，坐在用餐区安静地享用。店里又恢复了寂静无声的状态，小苗则不能一直安静，她还要整理货架。

整理到一半，小苗忽然听到某种奇怪的声音，她以为是自己拿捏薯片包装袋导致的。等她小心翼翼地从货架后探出眼睛，四处张望时，才发现不是的。情况比她想象的还要严重。

“马尾女孩”咬着饭团，喝着咖啡，再正常不过的状态，但脸上却有两道深深的泪痕，伴着轻轻的抽泣声。她想用咖啡把这声音压下去，又被咖啡的热气迷了眼睛，泪痕更加明显了。

咖啡做得有问题吗？小苗不知所措地看向店长，后者却向她使眼色。小苗暂时没明白店长的意思，又看向欢哥，气鼓鼓地瞪着他。本店所有人里，欢哥看起来最像那种能把女孩吓哭的怪叔叔。

欢哥一脸无辜。小苗又把脸转向阮叶，直接跳过了程序员。阮叶则一脸迷茫，好像刚从待机状态中恢复，完全不知道发生了什么。

这时小苗才明白店长刚才的眼色是什么意思——别打扰。小苗把脸转过一边，准备继续整理。在此之前，她看到欢哥悄悄举起手机，要拍视频。小苗立刻瞪大眼睛，叉着腰，一副随时要把手里的东西扔过去的样子。欢哥马上认输，把手机扔在了一边。

虽然多了一个默默流泪的女孩子，但店里依旧如常。不过，小苗觉得这种气氛还是太怪异了。也许女孩子天生就有被哭泣传染的本能，小苗觉得自己的鼻子也开始泛酸了。她几次看向店长，他都还是那副懒散的神态。

终于，“马尾女孩”喝完了杯中的拿铁，也许是里面的糖或者牛奶起了作用，她看起来好一些了。大概是意识到了自己的失态，她收拾了桌上的残余，又从大衣兜里掏出化妆盒，收拾了一下自己，低头默默地离开了。

眼看着“马尾女孩”完全消失在黑夜里，小苗才长长地呼出一口气，这口气在身体里压得太久了，几乎要在店里产生回声。

“为什么不让劝啊？”小苗觉得自己有点委屈，一连串地问店长。

“成年人又不是小孩子，不需要哄，他们要靠哭来变得坚强。”店长依旧一副懒散的样子。

小苗噘着嘴表示不信，记得某一次她丢了最心爱的玩具，哭得昏天黑地，那时候她非常希望有人来安慰自己，或者能帮自己把玩具找回来。不过想起来，那已经是十多年前的事了。她转而跟欢哥他们叽叽喳喳，讨论女孩为什么哭。

“今年太不好过了，我都想哭。”阮叶忍不住要掏烟，“整天加班，又看不到成绩。”

但是小苗还在探讨为失恋而哭的可能，阮叶恨其不争地瞅了她一眼：“男人，不值得。”小苗直撇嘴，心里给阮叶加了个“嘴硬心软”的标签。

“那天我拉了个客人，一个小伙子，估计也是哪家的白领，车还没开多远，他脸上就挂了两行泪。我一边开，他一边哭。”欢哥叹着气。

“你也不劝劝他。”小苗义愤填膺，“要是你哭了，别人不劝，你怎么想？”

其他人忽然沉默了，是那种不以为然的沉默。欢哥一脸难为情：“要是别人劝我，我大概会哭得更厉害。还是自己一个人哭的好。”

“看她的样子，以前应该喝惯了咖啡的。现在这个时候，总得自己调节。喝咖啡哭了，自己加糖，加奶，别人帮不了什么的。”阮叶总结道。

小苗总是不信的，不过她也不太懂这种感觉。人在哭的时候，心里是那种又酸又空空荡荡的感觉，需要有什么东西来填补。也许加了糖加了奶就能改观？

她决定下次哭的时候尝试一下。

不过她始终没有这个机会。从那次之后，小苗很长时间没见过“马尾女孩”，也许是去了咖啡店。小苗失落且不忿，本店的咖啡也很好喝的。

小苗再见到“马尾女孩”的时候，是秋天末尾的某个深夜。“马尾女孩”依旧点了一杯拿铁咖啡。小苗想起上次的情形，特意多加上几张叠得整齐的纸巾。

也许是意识到了什么，“马尾女孩”点头表示感谢。但这次，她用不到这些纸巾了。她还跟上次一样，吃着饭团，慢慢饮着咖啡，只不过脸上没了泪痕，反而在努力操作手机，忙着工作。

也许哭过之后，真的会坚强吧？小苗觉得自己又多此一举了。

不过，等到她去收拾桌子时，“马尾女孩”坐的地方，留下了那些纸巾，最上面一张，画着一张笑脸。

/

夜班便利店

YE BAN BIAN LI DIAN

/

24 -HOUR

#04号便利店

CONVENIENCE STORE 4

978-7-5594-5068-5

“

CONVENIENCE

无糖可乐 ¥ 21.90

人在特别孤独的时候才需要声音，要是有个地方能让人感觉熟悉，感到周围的人可以信赖，哪怕不出声也很舒服。

”

“

CONVENIENCE

糯米糍 ¥ 23.80

无论怎样，人在食物面前，是自由的。

可以不理解，但要接受。

”

/

夜班便利店

YE BAN BIAN LI DIAN

/

THE FOURTH CHAPTER

热奶茶

CONVENIENCE

2020.xx.xx

978-7-5594-5068-5

欢迎光临！

¥ 20.30

单品价格

店里很久没做第二件半价的活动了。

据说因为这个，总公司的会议上，商品采购部和店铺运营部还进行了旷日持久的扯皮，运营部强烈要求多做第二件半价的活动，商品部则认为第二件半价并不能有效提升销量，不如直接单件打折，让那些只买一件的人也能被优惠打动。

扯皮到最后，据说两边的人隔着桌子对骂，把这么多年的积怨全都发泄了出来。小苗听着别人讲述，心潮澎湃，恨不得亲临现场。不过她也只能想想，真要站在桌前，面对那么大的吵架现场，她怕是要哭出来的。

不过，小苗却不敢明着表明是谁对谁错。主要是因为，她身为运营部的人，心里却对第二件半价的活动不以为然。但她并不是同意商品部的意见，而是因为……

做第二件半价活动的，都是些饮料啊。

便利店做促销活动都是有套路的，什么商品做什么形式的活动，几乎在一开始就定好了。比如，盒饭一定要搭配一元换购饮料，而不是第二件半价或者直接降价。因为盒饭是店里的明星产品，最好卖的那种，而做促销一定要让利，盒饭是不会屈尊让利的，只要等别的商品来抱它“大腿”就好。而那些商品里，跟盒饭最搭配的就是饮料了。一口汤汁满满的饭，配上适口的饮料，吃饭嘛，追求的就是这种满足感。

至于满减，或者积分换购这类的活动，大概率是上了新的品类，要提高整个品类的销售额，比如葱油面鸡丝面之类的，或者是明星商品带一带滞销商品。这类活动做起来麻烦，连小苗他们统计起销售数据来也苦不堪言，轻易不动用。

第二件半价或者直接打折的，则是日常活动。顾客任何时间走进一间便利店，都会看到某类商品上贴着活动标语，“第二件半价”“八折优惠”等，活动周期一般按周计算，一周是起步水平，上到两周的，都是大活动了。

之所以说这几个活动是日常活动，是因为商品部和运营部每个月都有销售指标要完成，多做促销是提高销售额最直接有效的手段。

所以，每周（一周不落），小苗他们都会收到各种促销活动的标语，要把它们贴在货架上，让所有的顾客都能一眼看到；以及系统里各种调价的通知，要在活动结束后进行销售统计；最后，还要随时调整促销用语，顾客结账的时候，总要说一句“这件商品第二件半价，考虑加一个吗”，或者“现在有加一元换购的活动，要来一个吗”。

总之，总公司的一个日常的决定，到了小苗他们这里，都会变成具体而烦琐的实际工作，可以让一个个商品售卖出去。工作都差不多，所以，在商品销售的层面上，小苗并没有腹诽第二件半价这个活动的理由。

她不喜欢饮料第二件半价的原因之一,十分简单粗暴——凉。

小苗第一次来这个城市时，走进一家便利店，那时的场景她记得清清楚楚。她想买瓶纯净水，但是找遍整个店，没有找到常温水。所有的纯净水和饮料都被摆在冷藏柜里。口渴难耐的小苗只好妥协，拿了一瓶没那么冰的水，但还是在喝完之后，冻得肠胃打结。

便利店里居然没有常温水，这件事让小苗很长时间内都有阴影。后来她进了本店，这个阴影稍微淡了一些，因为她可以直接从仓库里拿常温的，然后扫码。但是那些顾客没的选，有些客人脑子活，会跟店员直接要常温的饮料，更多的是直接拿冷藏柜里的。

归根结底，便利店太小了，饮料已经占了一整个冷藏柜，就不能再去占常温货架的位置。不过，很多便利店都注意到了这个问题，“不是所有人都喝冰饮”，越来越多的店铺开始留出位置，一般是在货架最底层放置常温水和饮料。

不过，这还是没解决小苗，以及跟她一样的人的根本问题。对他们来说，不热，就等于凉。尤其是在进入秋冬季之后，喝常温水就等于往嘴里喉咙里放冰块。最惨的时候，小苗只能先把水在嘴里暖和一下，然后再往下咽，她感觉自己不是在喝水，而是变成了一个热水壶。

“喝一杯就已经很折磨人了，谁要买第二杯呀。”

幸好，有暖风柜。

立冬那天，店长就把最边上的一台冷藏风幕柜调成了热风。“早该改的！”小苗在心里呐喊。大约是一年多以前，本店才换了那台风幕柜，冷热可调，专门用来在秋冬季加热饮料和其他需要热着吃的东西。

虽然只有一组柜子可调，但已经是豪华级别了。有很多店铺，因为面积太小，只能放个小小的暖风柜，放几瓶饮料就满了。小苗看着店里摆得满满的暖风柜，里面红糖姜水、乌龙茶、冰糖雪梨、豆浆、咖啡、热牛奶等饮料一应俱全，安全感简直要从嘴里溢出来。

最重要的是，从暖风柜里拿出来的饮料，还没喝，温度就已经从手心传到身体里，这种感觉，即使外面寒风能把人吹得乱晃，也不必害怕了。小苗拿着热饮料，感觉自己就像充满电的皮卡丘，敢于面对整个世界。

大概也感受到了暖风柜给人的力量，公司里两个部门的争论终于进入了新的阶段。商品部终于让步了，答应再做一次第二件半价的活动，前提是要针对暖风柜里的饮料。

运营部的头头们才不管是什么，只要做就好。最后促销单品定下来，皆大欢喜。促销单品是一款奶茶，跟一般店铺售卖的奶茶不一样，这款奶茶没有采用瓶装，而是杯装，配有吸管，像奶茶店的那样，插上吸管就可以喝。

最关键的是，它解决了瓶装奶茶的一大缺点。市场上售卖的瓶装奶茶，喝完之后，会有非常强烈的口涩感觉，像吃了一块生柿子。这款奶茶喝起来口感柔和，喝完也不会有不适的感觉。

“变成杯装就不会涩了吗？”小苗觉得很神奇。

不管怎样，第二件半价的活动总算是重现本店，热热闹闹地做起来了。但是，在热闹之下，小苗也终于发现了自己不喜欢第二件半价这个活动的第二个原因。

找不到人跟自己一起喝。

欢哥平时只喝绿茶或者冰红茶饮料，对奶茶这类东西嗤之以鼻：“甜丝丝的，有什么好喝的？”明明冰红茶更甜好不好，小苗腹诽。

阮叶则最近又在减肥，八成是看上了哪个帅哥，要保持形象，所以对小苗的苦苦哀求给予了无情拒绝。

程序员呢，好像除了面汤和水，也不喝别的。至于店长，倒是喝茶，只不过只喝乌龙茶，还必须是大品牌的。在冷藏柜里冰得透透的，然后咕嘟咕嘟往嘴里灌。小苗想想都哆嗦。

要是谈个恋爱就好了。每当哀求一圈无果，小苗总会有这种感想。

“不要因为这种小事就把青春搭上。”阮叶忽然转了性，谆谆告诫，大概跟帅哥没对上眼。小苗左问右问，原来是她嫌弃人家幼稚。即便如此，她也不肯跟小苗一起喝奶茶：“恋爱是假的，肥肉是真的。月老对不起我，我得对自己好一点。”

于是乎，热闹又是别人的。奶茶的促销活动做得相当不错，经常出现存货售光，不得不临时向暖风柜里补货的情况。但小苗只能满心羡慕地看着，买一杯觉得吃亏，但买两杯真的很浪费。不上不下，最后她干脆不买了。

也许是小苗的痴心终于感动天地，这天晚上，本店出现了一个跟她处境一样的人。那是个阿姨辈的女人，但她不许别人这么叫她，只能叫“姐姐”。从外表看，叫姐姐也并无不可。她看起来就像阮叶老了的样子，一直保持着时尚，也保持着身材，并且精气神很足，虽然上了年纪，但依然给人眼前一亮的感觉。欢哥的眼睛就亮了，小苗看得清清楚楚。

姐姐，就这么叫她吧。姐姐在暖风柜前转了半天，不止一次来跟小苗抱怨，为什么不能直接将奶茶降价。小苗内心的呼喊快压抑不住了，准备在她下一次过来的时候，当机立断，跟她合买两杯，完美解决顾客的难题。

不过，她还是晚了一步。在姐姐之后又进来一位顾客，穿衣打扮跟姐姐异曲同工，只是比她年纪略小一些，且看起来沉静。小苗决定叫她“妹妹”。

之所以这么叫，是因为她跟姐姐一照面，两人先是大呼小叫地相认，然后各自沉默，像想起了往事。听两人交谈，小苗得知她们是多年不见的闺密，音信全无，直到今天，才发现两人最近都搬到了同一个小区。

妹妹帮姐姐解决了难题，两人买了两杯奶茶。也许是奶茶有神奇的功效，坐下之后，她们重新开始长吁短叹，感慨岁月无情。小苗则默默流泪，同时感叹命运无情，夺走了她的奶茶。

但是接下来的场面，有点出乎所有人的意料。姐姐妹妹坐在一起，本应该回忆往事，岁月静好，但是两人竟然哭哭笑笑，情绪激动。

难道是奶茶出了问题？小苗当即给出了自己的判断，这个跟咖啡不一样，一定要找厂家，他们的产品出了问题，公司可以索赔的。

“你们怎么跟小女孩一样呀？还爱喝奶茶。”欢哥终于找到了时机，见缝插针地搭话。

“年轻人都爱喝啊。”姐姐白了一眼，让欢哥吃了个闭门羹。言外之意，她们并不把自己不当年轻人，也不跟欢哥一样，把奶茶批评得一无是处。

小苗当即表示同意，同时顺便鄙视了一下欢哥。她的观点立刻获得了姐姐的好感，拉着她聊了起来。虽然隔着年龄，但那只是生理上的，在精神上，她们很快跟小苗，以及阮叶打成了一片。

“我们原来是最好的闺密，什么事都要一起做。我说以后要环游世界，她也要。就连化妆品都要用同一个牌子。”姐姐毕竟活泼一些，把妹妹的话全说了，“后来，我俩喜欢上了同一个男人。”

“啊。”小苗和阮叶吃了一惊，听这话，像是个悲情故事。

“她下手快，先跟他结了婚。我呢，不甘心，过了几年又抢了过来。我们两个因为这个男人，差点老死不相往来。”

“后来呢？”

“那是个坏男人，没几年我跟他也离了。因为这事，我和她也都没了联系。不过现在看起来，我俩的生活几乎是一样的，没有再婚，环游世界，继续进修，活得都挺好。大概是机缘到了，前几年那个男人去世，我就搬回来了，正好我俩重新遇上了。”妹妹搂着姐姐，一起嘬着奶茶，两人已经尽释前嫌。

“可恶的男人，要是没有结婚这件事，也许更自由一些。”阮叶评论道，这件事大概触到了她的痛点。

“不结婚不是自由。”妹妹说话了，“结了婚，经历了这些事，还能看开，重新接受生活，才是真的自由。”

阮叶不说话了，小苗也是一样，这种状态超过了她的理解。两个人经过了那样的撕扯，再次见面时，还能云淡风轻，回到以前的样子。小苗的脑袋里想象不到这样的心境，只能羡慕。

此后的一段时间，小苗几乎天天都能看到姐妹俩游玩或者血拼而归的身影。抛去年纪，她们跟现在大街上能见到的闺密们没什么两样。店里因为她们，热闹了很多。当然，奶茶的销量也涨了很多。欢哥依旧没能搭讪成功，不过扯扯闲谈还是不成问题的。

姐姐和妹妹几乎每天都要喝一次奶茶，这把阮叶羡慕得不行。她跟小苗无数次提起，她也要像她们这样，放飞自我，想喝多少奶茶就喝多少。不过，小苗始终没等来她跟自己一起喝。

直到某一天，只有妹妹出现在店里，买了两杯奶茶，另一边原本是姐姐坐的位子，始终没人坐。

“她走了，回国之前她就得了癌症。这几天是她最后的日子。”妹妹看着奶茶，若有所思，“我总说，要是早点回来，我们能在一起，多过一下以前的生活。她跟我说，做闺密做到我们这样，也不后悔了。”

妹妹拆开奶茶，把另一杯递给了小苗：“她不喜欢浪费，你们替她喝了吧。”

小苗捧着这杯奶茶，看了阮叶一眼。阮叶终于不再坚持，凑了过来。两个人围着杯子各自嘬了一口。

好暖，好甜。

THE FOURTH CHAPTER

黄金琵琶腿

CONVENIENCE

2020.xx.xx

978-7-5594-5068-5

欢迎光临！

¥ 21.20

单品价格

一连几天，小苗都是飘着上班的。

并不是喝醉了酒或者怎么的，而是因为这几天的风实在太大，小苗引以为傲的身轻如燕在这种天气里变得致命。不仅在路上举步维艰，逆风走不动，顺风怕走得快了变成断线风筝，就连刚出门的时候，也要先紧紧地拽住门把手，防止被突如其来的风卷走。

这时候，就连最强悍的勇士也不得不放下倔强，偷偷套上了秋裤。小苗更没必要在乎别人的目光，秋风刚起的时候她就穿上了羽绒服，这时候更是全副武装，保证自己撑过上班这条路。

到店里就好了，小苗心想。店里跟门外的北风隔了两道门，完全隔开了寒气，再加上店长手巧，不知道在门缝那里加了什么，连漏风的声音也没了。店里的暖气开得足足的，小苗刚进到店里就要出汗，必须要把外面那层盔甲卸下来。

这段时间小苗尤其爱待在店里，甚至会提前来一会儿，哪怕帮上白班的人干一点活也愿意。店里可比她住的地方暖和多了。

也许是为了奖励她的勤劳，店长给她加了点活。店里换了新的空气炸锅，需要制作一下操作规范，分发给所有店铺。这个任务就当仁不让地落在了小苗头上。

小苗也不知道为什么，明明公司有那么多店铺，那么多店长，为什么一旦有这种稍有难度的工作都要分派到本店，店长还毫无怨言地接了下来，并且毫无怨言地交给她。说起来，别的店长都是在白天上班，偶尔才上上夜班，本店店长却始终上着夜班。

这一连串的“为什么”，小苗一直没机会问，估计问了也得不到什么正常的答案。店长一定会说，因为喜欢啦，夜班生活适合自己之类的。这种理由怎么可能说服人嘛。

牢骚归牢骚，工作还是要一丝不苟的。说起空气炸锅，那是小苗见过的无数新奇物件（也许是小苗太过大惊小怪）中排在前几名的一个。居然可以不用油就能炸东西，也太神奇了吧！

没进店里之前，她以为热柜里卖的那些炸鸡之类的都是做好的成品，或者是在后厨架起一口大油锅，像街头卖炸串用的那种，烟熏火燎地炸出来。没想到竟然这么简单。

虽然为了卖的东西好看，使用的材料都是半成品，鸡排、鸡丸、鸡腿之类的都裹了面包糠或者提前腌制了，但是这也没法盖过空气炸锅的优越性。毕竟，便利店的后厨是不能见明火的（经营许可证牢牢限制了，便利店只能是商店，不能做餐馆)，于是空气炸锅解决了大问题。

这次新换的空气炸锅在原来的基础上更新换代了，据说炸出来的东西口感更好，而且锅底更容易清洗，以前那款，让所有店员都洗到怀疑人生。这两个有待验证啦，但是另一个优点却是显而易见的，新换的空气炸锅容量更大，一次炸出的东西更多了。

世界上大部分人都热爱（或者偷偷热爱）油炸食品，日本的万物皆可成为天妇罗，美国的炸鸡，国内饮食里的炸物更是五花八门。高热量才是人生的快乐源泉，这句话仿佛是全球通用的真理。本店乃至其他兄弟店铺也是如此，炸物供不应求。

尤其是黄金琵琶腿，好像格外受顾客青睐。配盒饭、配面，还有人配关东煮吃，一口咬穿外面脆脆的皮，里面的肉软烂弹牙，最棒的是，还有肉汁流出来。虽然一直被嫌弃热量高，但是冬天嘛，就是要用热量来抵抗寒风。黄金琵琶腿就是与寒冷作战的宝剑。

甚至有人舍得浪费宝贵的工作间歇时间，耐心地守在窗口处，就为等刚出锅的黄金琵琶腿，享受抓在手里的热乎乎的感觉。

制作黄金琵琶腿，此前的腌制和裹料固然重要，但最后一步也至关紧要。因此，新空气炸锅的操作规范，意义重大。

所谓操作规范，就是按照厂家给的各种食物的烹制温度、时间，自己实践一下，做出类似菜谱的一页纸，塑封并挂到墙上。看起来简单，但在这过程中，需要耗费不知道多少个半成品进行试验，今天试的是黄金琵琶腿。

小苗感觉自己手抖到麻木，此前调制关东煮的汤时也没有这样。关东煮的汤咸了淡了还可以让店长帮忙补救，但是琵琶腿煳了的话，就只能废弃了。

虽然店长特批了一整袋琵琶腿，让小苗尽情尝试，但小苗反倒越来越紧张。万一一直不成功怎么办？做好了当然可以直接放入热柜售卖，但是做坏了就要废弃，太浪费了。小苗决定尽量往不好不坏的方向做，大不了可以让欢哥他们吃掉，这样她也算有了退路。

在这一点上，她却失算了。

即便是免费的，欢哥好像也对黄金琵琶腿深恶痛绝。

“油炸的都是垃圾食品。”阮叶则忍痛拒绝，“要把减肥进行到底。”

程序员则一脸无欲无求的表情，并不想吃的样子。至于店长和小苗自己，这几天已经试了太多其他炸物，实在难以再战。

小苗感觉自己像被强迫化蝶的毛虫，瞬间变得缩手缩脚。没人兜底，难道真的要面对丢弃一堆黄金琵琶腿的命运吗？虽然它们可能没那么金灿灿，但也是新鲜出炉的啊。小苗好心痛。

正在纠结之时，音乐响起，小苗喜出望外，救星来了。

电影里的救星都是高大威猛，偶尔加上点英俊，眼前这个恰好都不符合。横向跟店长差不多，但纵向就差一点，两个脸蛋跟身材一样丰盈，小眼睛在眼镜之后炯炯有神。

这副外表，据他自己描述，叫作“死肥宅”。不过小苗他们都觉得名不副实，因为他肥是挺肥的，但并不宅，反而经常出门。本店附近有家影院，破破烂烂的，但里面经常会放一些别的影院没有的小众电影。“肥宅”经常在那里出现，经常会看到很晚，然后来本店吃点东西。

他吃东西的时候，小苗他们才知道“肥宅”的名号是怎么来的。每次来他都必点黄金琵琶腿，时间长了，小苗会提前给他预留几个，对，几个。他来了之后再稍微加热一下，吃着口感更好。

吃的同时，他眼睛也不闲着，在手机上点开一部电影，继续看。即使刚刚从影院出来，也不影响他用手机观影。电影好像是他的续命良药，黄金琵琶腿则是药引子。

在过去的日子里，“肥宅”为影院和本店做出了无数贡献，只是最近一段时间才不见他。所以，小苗这次一见，才喜出望外，可以放心大胆地开始测试了。

但是“肥宅”并没让她得偿所愿。他好像对黄金琵琶腿失去了兴趣，电影也是。

“我想离开这座城市了。”发了一会儿呆，他忽然说道。

店里的人猝不及防，不知道说些什么好。小苗则如遭雷劈，今晚这些黄金琵琶腿送不出去了吗？

“今年冬天，太冷了。”“肥宅”已经好久没看电影了，他面临大多数文艺青年都要面临的事，年龄增长，理想和现实冲突。每次经历寒冬，他都要痛苦地思考，这种坚持还有没有意义。

“感觉人就像琵琶腿，慢慢地被炸干了油，到最后，干瘪到没了灵魂。”

小苗他们没说话，文艺青年的话一般都不太好接。不过店长却打破沉默，让小苗先不管怎样，炸出一锅黄金琵琶腿来。小苗心怀忐忑，但想着有店长兜底，便底气十足地开工。

出锅的效果还不错，琵琶腿表面的油嗞啦啦响着，表皮也看起来酥脆可口。满满一锅，摆到桌上的时候，连欢哥都忍不住往那里瞟，偷偷吞着口水。

“你看哪一个被炸干了？”店长不知道是在跟小苗说，还是在跟“肥宅”说，“做琵琶腿，最怕怀疑，一会儿低温一会儿高温，丢了里面的汁外面还不脆。内里猛火，不要犹豫不要停，才能圆满。”

小苗懵懵懂懂，找了个小本子记下。“肥宅”眼睛亮了，看起来食欲又恢复了，在小苗问他要不要帮忙解决点琵琶腿时，他的眼神无比坚定。

“给我来十个！”

“十个？”所有人都感到不可思议。

“十个！”

事实证明，“肥宅”还是很能打的，十个琵琶腿一丝不剩。托他的福，小苗之后做得也很好，汁水丰满，外表酥脆，很快就按照这个做法形成了操作规范。

“肥宅”吃完之后，外套也没系上，就昂头走进了寒风里。看样子，他不再被“冷”“炸干”之类的词困扰了。不过小苗他们很好奇，店长好像什么也没说啊，怎么“肥宅”就忽然要了十个琵琶腿，文艺青年果然不好懂。

话说回来，小苗一直在追问店长，关于他为什么一直上夜班：“此前说的那些理由，都是糊弄人的吧？到底为什么呢？”

店长还是那些理由，怎么问也不变。

THE FOURTH CHAPTER

无糖可乐

CONVENIENCE

2020.xx.xx

978-7-5594-5068-5

欢迎光临！

¥ 21.90

单品价格

在本店，“安静”是个很难得的词。

毕竟本店是个人流量可观的店铺，白天人来人往不说，夜里也经常有人光顾。即使没有其他客人，也有常驻的那么几个，总是让店里充满声音。

欢哥经常在店里刷小视频，需要小苗反复瞪眼他才会把音量降到其他人可接受的范围；阮叶则是来了之后就要跟小苗叽叽喳喳，讨论某个帅哥或者最近的八卦消息，要么跟人线上聊天，微信提示音不断；小苗自己就别提了，独处的时候尚且要搞出点声音，更何况人多的时候；店长则安静很多，只能偶尔听到他沉重的脚步声，或者在办公室里噼里啪啦输入数据的声音；程序员倒是最安静，可惜都被其他人淹没了。

但是，就算有这么多不肯安静的人在，也总有些时候，店里会没有缘由地安静下来。

不是绝对无声的安静，毕竟店里还有冰柜等机器，它们时刻发出代表本店正在持续运作的声音。这种安静是忽然来临的，除了机器的声音，不再有人说话，或者发出其他奇怪的声音。

欢哥放下了手机，靠在椅背里，不是因为睡着了，而是在思考着什么（这很难得）；阮叶也不再聊天，而是托着下巴，另一只手无声地弹着桌子，笑吟吟地在想念着什么；店长和程序员不必说，就连小苗，也难得地不再惊讶，反而愿意悄无声息地发呆。

城市的夜是不肯安静的，一门之隔的外面，要么是在楼宇之间挣扎呼啸的风声，要么是不肯轻易消失的喧嚣。小苗觉得自己也跟这个城市一样，平时不愿接受安静，但在这个瞬间，她却觉得很舒服。

但有人不这么认为。

就在这一片安静中，“高手”带着背景音乐进来了，把每个人从安静的状态里拉了出来。

“高手”中等个头，容貌普通，微微发胖，外表倒是不引人注意。让人格外关注的是他的背景音乐。他脑袋上总戴着大大的耳机，按说应该比外放更安静，但里面的音量实在太大，几乎所有人都能听到里面的音乐。大多是劲爆的摇滚风，符合“高手”的身份定位。

之所以叫“高手”，是因为他来了之后就坐在用餐区，点开游戏，开始大杀四方。玩游戏的时候，他倒是关了耳机，但开了手机外放，“First Blood!”“Double Kill！”之类的声音接连不断，因此店里的人都能知道他的战况。

这是一个静不下来的人，不仅体现在音乐和游戏上。“高手”每次来店里，都要买一瓶无糖可乐，摆在桌上。杀到兴起，他就要喝上一口。但他喝可乐的方式也与众不同，开盖之前，总要先摇一下，这样开盖时就会带着响亮的扑哧声，在安静的店里极为特别。

“这都能自带音效？”小苗啧啧称奇，欢哥和阮叶也啧啧称奇。倒是“高手”泰然自若，好像很享受这种声音。

时间长了，大家也就见怪不怪了。不过“高手”最近来得有点频繁。最开始，他两周左右来一次，后来变成一周一次，最近几乎变成一天一次，都是在夜深人静的时候出现。小苗他们现在听到无糖可乐的扑哧声，心里都犯怵。

“这也太闹腾了。”小苗跟其他人抱怨，“为什么要一直摇晃可乐啊？”

“一直”这个词倒也不夸张。一瓶无糖可乐喝到最后，按说气体应该所剩无几，但“高手”还要锲而不舍地使劲摇晃，直到能够发出那种声音为止。

“可能是发现该养生了，”欢哥一副发现机密的样子，“碳酸饮料本来就不是什么好东西，把里面的气体摇出来，省得腐蚀骨头。”

“那怎么不干脆喝红糖水？”阮叶鄙视欢哥这种假养生理论，“大概是多动症，什么东西都要弄出点声音来。”

小苗倒是头一次支持欢哥的说法，毕竟“高手”喝的是无糖可乐，大概是爱喝可乐，又不想长胖。但他大半夜出来，坐在店里打游戏，也太不养生了，怎么也解释不通。

答案终于揭晓，却是用一种意想不到的方式。那天也是在忽然之间，店里陷入了安静的氛围。当时“高手”刚刚完成了一次超神，退出了游戏，还没来得及喝可乐。店里一时静谧，大家各忙各的，只有机器们独自轻声轰鸣。

“你们怎么都不出声啊！”居然是“高手”在大惊小怪。

突如其来的声音把小苗他们吓了一跳。也难怪，“高手”说这句话的音量太大，像在确定自己是不是突然聋了一样。

“这样不是挺好的，安安静静的。”小苗瞪了他一眼，她刚才正感觉不错呢，结果被粗暴地打断。

“一点声音都没有，哪里好了？”“高手”竟然被小苗瞪得不好意思，抓了抓脑袋，低声嘟囔。

人与人之间，要么永远不开口，只要开了口，欢哥就能把对方的前三代给聊出来。“高手”的职业跟他的外表很搭，是个手工宅，靠做短视频为生。这种职业有个别人很羡慕的优势，不需要上班，每天只需要在家里做做自己喜欢的事，剪剪视频就可以了。

“在家里上班也不好，一个人待得时间长了，心里发慌。”“高手”一点也不觉得自己的职业有什么可羡慕的，“我在家里要么开着音乐，要么开着视频，总得弄出点声音才能感觉自己还活着。最近我实在受不了了，特别想找个有人的地方，哪怕什么都不干，坐着，听点人的声音就好。”

“可是，都到了有人的地方了，”小苗抓住漏洞，“为什么还要弄出那么多声音来？”

“习惯了。”“高手”在游戏里杀人如麻，却被小苗问得满脸通红，“不弄点声音出来，做什么事都没劲头。”

“到底是年轻人啊，做什么事都要来点刺激的才能做下去。”欢哥故作高深。小苗和阮叶虽然不认同，但想想自己好像也差不多，便由得欢哥在那里做长篇大论。

不过那次之后，每次“高手”进店，小苗都要特意弄出点声音，要么斗志昂扬地整理货架，把商品的包装袋弄得哗啦啦响，要么拉着阮叶他们聊天。

“高手”倒是很享受这个，但时间长了，小苗觉得有点力不从心，一直活在声音里，耳朵都要麻木了，更别说还要自己弄出声音来。小苗还在咬牙坚持，并试图让欢哥他们也响动起来，但他们都直接拒绝了，为了某个目的而去说话，好像有点奇怪。

直到某一天，“高手”再次来到店里，没戴耳机，手机老老实实揣在兜里，甚至不再摇晃可乐瓶，只是默默地坐在那里，一口一口安静地喝着可乐，连嗝都打得悄无声息。

这次轮到小苗安静得发慌，以为“高手”遇到了重大打击，但看表情又不太像，反而跟欢哥他们安静时露出的表情一样。

当她小心翼翼地问“高手”时，他没急着说话，反而指了指正在办公室里忙活的店长，那里面一点嘈杂声也没有。

“人在特别孤独的时候才需要声音，要是有个地方能让人感觉熟悉，感到周围的人可以信赖，哪怕不出声也很舒服啊。”

这不就是店里之前的状态吗？说得那么高深。不过小苗终于松了一口气，可以不用再努力制造声音了，安心享受这份安静吧。虽然她对“高手”的话只同意一半，因为店长即便自己待着，也不需要发出怪声，但她也懒得纠正了。

安静的时间是很难得的，总有这样或者那样的事来打断。这次是小苗心里有些蠢蠢欲动。

“话说，你为什么总喝无糖可乐？正常的可乐不好吗？”

“正常的可乐不够甜。”

在可以安静了之后，“高手”也经常来店里。出门频率这么高，已经很难说他是个宅男了。至于为什么，没人问，大概是为了每次一瓶的无糖可乐吧。

THE FOURTH CHAPTER

鱼子丸

CONVENIENCE

2020.xx.xx

978-7-5594-5068-5

欢迎光临！

¥ 22.50

单品价格

冬天的晚上要是安静下来，没有硬得能把人的脸吹裂的风，也没有故作浪漫的雪，还是很舒服的。

要是城市的喧嚣再退去一点，路上行走的只有自己，感觉会更好一些。

这时候，在店里待着的人也会蠢蠢欲动，更喜欢到外面待着。大概除了天生喜欢宅的人，大部分人都是好动的，坐久了也会觉得厌烦。

欢哥已经出去了很多次，有一次是跟店长在外面抽烟，还有一次则是跟人视频，聊得太尽兴，被小苗撵出去了，其余几次倒是真的有闲情逸致，在外面赏夜。

小苗也想有这样的兴致，不过她现在实在脱不开身，除了要整理货架，还要陪着阮叶，因为她最近刚刚失恋，而且还是因为那个不可思议的原因。那个跟她好得蜜里调油一样的恋人，又是个有妇之夫。

虽然说这样的事阮叶经历了很多，但不代表就见怪不怪了。再坚强的人，在同一个地方跌倒十几次后，也要在地上趴上一会儿的。不过阮叶今晚趴得有点久，方式也不一样。

小苗设身处地，要是自己遇到这样的事，肯定要哭个几天几夜。阮叶居然没有一滴眼泪，果然是爱情中的强者，放在宫斗戏里能活个十几集的那种。不过，小苗感到了另外一种情绪，怨念。一整个晚上，阮叶都在拉着小苗批判那些个男人，丝毫不重样。

也许，她才是欢哥有闲情逸致的原因。刚开始欢哥还是在屋里的，也想开口插话，只不过那张嘴里说不出什么好话。放在平时叫插科打诨，现在这种情形就叫火上浇油了。小苗恶狠狠地使了个眼色，欢哥再次出去赏夜了。

“我大概以后不会谈恋爱了，谁知道后面跟的是什么，开心？伤心？还是恶心？”怨了一晚上之后，阮叶终于累了，开始意志消沉。

小苗不知道怎么劝，毕竟阮叶说的那三种情况她都没经历过。不过，过了一分钟，她不用再绞尽脑汁想怎么劝了，进来的人吸引了她们所有的注意力。

那是一对母子。孩子不太显眼，因为还被抱在怀里，包着暖暖的小衣服。母亲看起来跟一般的妈妈不同，即便是将近深夜，也没有穿着随意，反而打扮得很精致。再加上她身材保持得很好，小苗和阮叶瞬间给她定了名字——“辣妈”。

“辣妈”虽然表面看起来年轻，但并没有初为人母的慌乱，一边跟孩子温柔地说着话，一边款款进门，坐在了用餐区。孩子一脸好奇，水灵灵的眼睛盯着小苗和阮叶。

“好可爱！”小苗心都化了，连阮叶也没了刚才的怨念，两人凑过去轮番逗着小婴儿。

孩子不怕生，大大方方的。“辣妈”更是不见外，让阮叶帮忙抱一会儿，自己拉着小苗，要点一些吃的，最好是热乎的。这时候热乎的东西所剩无几，只有一些关东煮，好在“辣妈”不怎么挑，直接包圆，给小苗省了好多烦恼。

“这么晚了还带孩子出来啊？”阮叶跟那个小婴儿玩得不亦乐乎。

“没办法啊，孩子太皮，晚上不肯睡觉，非得下来溜一圈才肯睡。”

居然是个小恶魔，小苗和阮叶一脸不可思议地盯着小婴儿，这孩子明明看起来很好相处，谁能想到竟然这么磨人。今天天气还算不错，要是大风天还要出来遛，她俩都不敢想象那种场景，但“辣妈”好像已经习惯了。

“这是什么？”“辣妈”搛出一颗形状像包子的丸子，端详着，上面正淌着关东煮的汤汁。还没等小苗解释，她就已经送进了嘴里：“嗯，里面是什么？一颗一颗的。”

那是个鱼子丸，所有第一次吃它的人都有这种状况。弹性十足又耐煮的外皮，裹着一团鱼子。咬开一层之后，马上就感受到第二层。鱼子小小的一颗，在灯光下红得晶莹剔透，在牙齿之间轻轻爆开，有着微微跳动的口感。更让人意外的是，里面还有一点芝士，让口感瞬间醇厚起来。

看鱼子丸的外表，都会以为它是个形状好看的丸子，只有吃到的人才能享受这种意外。虽然它意外地很好吃，但销量就完全凭运气。除了那些关东煮的狂热粉丝，第一次买关东煮的人很少有能叫全食物名字的，大多是凭感觉“这个，那个，那个，这个”。看起来华而不实的鱼子丸，很容易就被跳过去。今天也是个意外，锅里剩了三颗。

这时欢哥见情况有变，终于溜达进来了。不过他还没靠近，又遭到小苗的驱赶，理由是他身上的烟味还没散，容易熏着宝宝。

“没有那么娇气，”“辣妈”边吃边逗孩子，用“别告诉家里人”的语气透露了一个秘密，“我自己也偷偷抽烟，好像孩子也没有讨厌我。”

阮叶和小苗目瞪口呆，欢哥更是小声啧啧，原来这位“辣妈”也是个叛逆少女。果然，阮叶将信将疑地把小婴儿递给欢哥的时候，欢哥身上还没散的烟味没让他哭闹，他反而跟欢哥玩得很开心。

“他好像跟谁都能玩。”小苗感慨，以前见过很多婴儿，牢牢挂在妈妈脖子上，让妈妈连吃饭睡觉都腾不出手来。

“辣妈”非常享受孩子的大方，放心地让孩子跟店里几个刚认识的人玩，自己捧着关东煮吃得很开心。她好像特别钟爱鱼子丸，每次吃到都会“大惊小怪”一番。

“明天帮我留几颗鱼子丸。”“辣妈”抱着小婴儿离开之前，对小苗千叮万嘱。

“有这样的宝宝好省心啊。”不仅小苗，连阮叶也不禁心动，恨不得也有个宝宝。

“有了孩子你们就不这么想了。”欢哥又拿出过来人的姿态，“有了孩子，想活得跟以前一样精致就很难咯。”

这句话小苗听着没什么，阮叶倒是明显退缩了，继续跟小苗提起不敢谈恋爱的话题。

第二天，“辣妈”果然又款款而至，再次大惊小怪地吃着给她留的鱼子丸。从她的打扮来看，她好像不是偶然精致，而是每天都这样。让人（尤其是欢哥）震惊的是，她抽烟不是说说而已。

吃完了关东煮，“辣妈”把婴儿交给店长和欢哥，拉着阮叶和小苗到门外，点了一支薄荷香烟。泰然自若的神态，差点让阮叶惊掉下巴。小苗倒是有另外的想法，除了没有孩子，“辣妈”的状态和阮叶好像没什么差别。

“以前我也觉得有了孩子就被绊住了，现在想想，好像跟以前没什么不一样。”在小苗她们开口问出所想之后，“辣妈”依旧泰然。

“辣妈”跟她老公曾经是“铁钉”，铁了心要做丁克夫妻，坚决不生孩子，要把空余的时间和精力用来轰轰烈烈地感受生活。但是意外这种事情，说来就来。“辣妈”快四十岁了，竟然意外怀孕了。

“那该多焦虑啊！不想要什么，偏偏来什么。”阮叶此时特别能理解这种状态。拜她所赐，小苗也能理解。

“没有孩子之前我确实焦虑，真有了反倒想明白了。生活变不变，关键不在孩子，在我们自己。我们已经把自己活得很好了，不会被孩子影响到，也不需要用孩子实现梦想。孩子对我们来说，无非是一个以后注定会离开的小朋友。他有他的路要走，我们也有我们的。”

“辣妈”抽烟的样子很优雅，说的话也很通透。但阮叶和小苗并不愿接受，毕竟“辣妈”这样的人少，她们见过的被孩子改变的人多。

“辣妈”恨铁不成钢地看着她们，呼出一口烟：“你以为没孩子，她们就不是那样了吗？”

她们说话的时候，店里面的人玩得不亦乐乎。小婴儿拍着店长弹性十足的双下巴，爱不释手。

“就算没有孩子，人生也是一个意外叠着一个意外，就看我们怎么面对它了。”“辣妈”递给阮叶一支烟，这是这几天以来，阮叶抽的第一支烟。

小苗依然不抽，但是陪着她们蹲在店外，看着店里那个小小的意外。

从那之后，“辣妈”时不时地会过来遛孩子。

“跟遛狗一样。”她总结出规律。

阮叶也不再跟小苗抱怨了，大概跟她喜欢上吃鱼子丸有关系。

THE FOURTH CHAPTER

黄桃罐头

CONVENIENCE

2020.xx.xx

978-7-5594-5068-5

欢迎光临！

¥ 23.10

单品价格

最近大降温，流行起了肠胃性感冒，就连小苗也不幸中招。

这是个很讨厌的病，浑身发热的同时，还得上吐下泻，整个人都虚弱无力。甚至还缠绵反复，要折腾一周才能渐渐好转。好在小苗身体健康，但也难受了两三天。最后她销假去上班的时候，还是感觉病恹恹的，人生都不美好了。

偏偏这一天又加了新活，店里上了新品。这不是在系统里添加新的商品号，等着人来送那么简单，而是意味着，要给它在货架上腾出新的位置，又不能让其他商品失去太多位置。

这个工作量，不亚于一次大扫除。放在平时，小苗挥挥手的事，但现在，她只要想想，这些商品就会在她眼前飞成一团。

欢哥他们自告奋勇，准备帮忙，小苗赶紧拦住。虽然他们信誓旦旦地说自己见过猪跑，但上次他们帮忙摆的商品，小苗又花了同样的时间重摆了一遍。欢哥还不小心把一瓶巴黎水的瓶口打裂了，那是他第一次喝这种水，喝完第一口之后，就认为这是对自己失误的惩罚。

还好有店长，工作期间一点点把位置腾了出来，让小苗不至于太费力。不过一轮忙活下来，小苗还是气喘吁吁，一方面是体力问题，一方面，也对这份忙活的意义感到质疑。

“这种东西，放这么好的位置，真的会有人买吗？”

虽说店里的商品都是精挑细选的畅销品，但也不乏“一轮游”的，就是那种红红火火上架，结果销量奇差，最后不得不惨遭下架的商品。它们最多的能坚持一个月，最短只能待两周，就要把位置重新让出来。

这一轮游，意味着店员要进行两次货架整理，严重浪费体力。所以，小苗他们对那些看似不好卖，但不知为何会上架的商品，保持警惕。

在小苗看来，这次预订了一轮游门票的，是黄桃罐头，市面上最多的那种罐头，各种牌子的都有，一般只在超市里有卖。便利店还是第一次售卖。

“都什么时代了，怎么还会有人吃罐头？”

小苗边吐槽边摆着罐头，为自己注定虚耗的体力默默流泪。偏偏这个罐头还比较奇特，里面的黄桃确实是大瓣果肉，鲜黄诱人，但是玻璃罐却做成杯子形状，加了个把手，这让它平白多占了很多空间，摆起来也特别困难。

做完这一切，小苗感觉自己几乎要跟世界说拜拜了，瘫在椅子里一动也不想动，任凭阮叶给她揉着脑袋。要不是生着病，这柔软的手感还真是一种享受。就是旁边端茶送水的差点意思，那是欢哥的嬉皮笑脸，还有程序员关于多喝热水有益处的讲解。

也许是这一天累着了，到第二天小苗都觉得自己还没好透，依然病恹恹的。让她更加病恹恹的是，黄桃罐头的销量。

一般新品刚上架都不会卖得很好，尤其是刚刚摆上货架的深夜。但黄桃罐头例外，小苗刚摆完不久，就有一单售出。

那是个比小苗还病恹恹的妹子，明明身材小巧，却把自己裹在一件大羽绒服里面，只露出半边脸，两只手还要特别用力才能伸出来。这个天气里，把自己裹得像个棉球一样，大多是生了病的。看她走路虚浮的样子，更是八九不离十。

那时店长恰好在后面办公，小苗强打精神走到收银台接待客人。“棉球妹子”转了一圈，终于把挑好的商品递给她，只有一罐黄桃罐头。小苗也没力气惊讶，勉强接过来结了账。

就这样，两个病恹恹的人，病恹恹地完成了新品的第一单交易。这大概代表了黄桃罐头的销售命运，事后小苗想起来，觉得这就是个预兆。

这预兆第二天就应验了。小苗再次上班的时候，就看见“棉球妹子”再次病恹恹地来了，手里拿着一罐黄桃罐头，完好无损，正是昨天卖出去的那一罐。

完蛋了，这是要退货。小苗感觉脑门上要冒虚汗了。看样子，“棉球妹子”病恹恹得更厉害了，难道是吃坏了肚子？这是质量事故啊。但是看罐头的样子，好像没被打开啊。到底发生了什么？小苗瞬间胡思乱想了一个宇宙的信息，又惊又吓，惊得差点痊愈了。

“能帮忙把它打开吗？”“棉球妹子”把罐头放在收银台。

原来不是退货。但这不代表小苗可以松一口气，因为这个要求好像比退货还难。“棉球妹子”昨晚买回去之后，用了很多方法都打不开，又因为生病难受，懒得下来，在家里躺了一天，终于忍不住，这才又来了一趟。小苗有点发愁，这对她来说，就算没生病也得耗掉半条命。

阮叶和程序员各试了一次，都表示爱莫能助。欢哥一脸得意，准备上手的时候，“棉球妹子”却噘着嘴，把罐头收回去了。小苗看看欢哥的脸，最近不修边幅得有些厉害，难怪“棉球妹子”一脸冷漠的表情。颜值即正义啊。

小苗只好把店长从后面拖出来，店里能指望的男人只有他一个了（欢哥和程序员听了表示有点冷，咳嗽了两声）。很奇怪，好像罐头的盖子是一把锁，店长的手是配套的钥匙一样，别人怎么使劲都纹丝不动，店长的手刚搭上去就开了。

不过，还是有点迹象出卖了现实。开盖的瞬间，店长胳膊上的肥肉疯狂地抖动着，这种抖动像是水里投下的石子，马上扩散到了全身。虽然很快平息了，但那种景象还是很震撼人心的。

连“棉球妹子”都注意到了，眼睛里差点冒出星星。“好可爱！”小苗心想，这审美也太二次元了吧？

大概是被店长可爱到了，或者是嫌拿回去太累，“棉球妹子”打定主意要在这里吃完黄桃罐头。

“生病了就要吃药嘛，吃什么罐头啊？”虽然被嫌弃了，欢哥还是厚着脸皮搭话。

“棉球妹子”一脸嫌弃的表情：“黄桃罐头就是药啊，吃完就会好了。”这话说得店里所有的人都一脸茫然。

虽然说是药，但是这药片也未免太大了。上好的黄桃罐头都是把新鲜的黄桃一切两半，加工后放到罐里的，每一瓣都很大很饱满，但吃起来会有点麻烦。

店长再次出来，递来一次性的勺子和切蛋糕用的一次性刀子，让小苗帮忙把黄桃切开。小苗好久才领会意思，把刀子伸到罐头里面，小心地把黄桃切成小块，这样就可以用勺子直接吃了。

“棉球妹子”欢呼一声，虽然声音还是有点恹恹的，但精气神似乎恢复了一半。不过她刚喝了一口，就捂住了嘴：“好凉。”也许是在冷风里吹太久了。

“为什么一定要吃它呀？”小苗一脸不解。

“我小时候每次生病，妈妈都会给我吃一次黄桃罐头，也不知道为什么，吃完病就好了。现在我一个人在外头，怎么吃都吃不出以前的效果，连温度都不对了。”“棉球妹子”难受得要淌泪。

店长第三次出来了，手里拿着一杯热水，倒在罐头的糖水里，另一只手轻轻搅拌着。热水在凉凉的糖水里一丝丝缠绕着，很快把黄桃包裹住了。

“棉球妹子”试探性地尝了一口，眼泪马上回去了，一口接一口地喝完了所有的黄桃和糖水。杯子状的罐头设计反倒成了便利，喝的时候更加称手。看不出来，那么小的一个妹子，居然能把一整罐罐头喝得一滴不剩。

可是，真的有效吗？

“就是个心理安慰吧。”阮叶猜测，“我不开心的时候也要吃甜食的。”

但是又过了一天，“棉球妹子”，这时候已经不能叫这个名字了，因为她身上那件巨大的羽绒服已经没了，干净利落的打扮使她显得活力十足。

“全好了！”这次她来去匆匆，跟小苗来了一次干脆的交易，一扫病恹恹的气质。

她的活力四射，倒显得小苗更加病恹恹了。

“也许有用的，是个什么偏方呢？”欢哥他们都劝小苗试试黄桃罐头。

小苗还没决定，那边店长已经把所有东西准备好了，切成小块的黄桃，温度恰好的水，就等小苗开口一试了。

从那天开始，一直到流感期结束，店里忽然多了一项业务。好多二次元气质的妹子流水式地到店里买黄桃罐头，要求店长现场开罐头。她们嘴上说是为了治病，但好像是为了看店长表演开罐头。

“再这样下去，开罐头就要收费了！十元一位！”小苗看着来的人不少，忽然干劲十足。主要也是因为喝完黄桃罐头的第二天，她就全好了，甚至连乏力感都没了。

原来真的有用，小苗对黄桃罐头刮目相看了，并期望它的销量能好一些。不过，自从过了流感期，黄桃罐头的销量就跌到了谷底，再也无人问津。公司那边也迅速做出了决定，黄桃罐头一轮游完毕，平了两周被下架的纪录。

小苗觉得好可惜。她问店长："那以后哪里能买到黄桃罐头啊？"

"不知道，药店吧？"

THE FOURTH CHAPTER

糯米糍

CONVENIENCE

2020.xx.xx

978-7-5594-5068-5

欢迎光临!

¥ 23.80

单品价格

店里很多细碎的活，小到不值得一提，但不做的话，后果又会很严重。

比如，用餐区的桌子时不时要清理一下。除此之外，店里的垃圾桶也要定时倒。小苗曾经被这些细碎小活弄到心烦意乱，不过现在已经游刃有余，抽出一点时间就能搞定。

甚至，小苗从倒垃圾这个工作里找出了一点哲理。同样是满满一袋子垃圾，有的时候很轻，有的时候却很沉。这好像没什么稀奇，但在小苗看来，里面的门道多了去了。

轻的时候，里面大多是剩下的包装盒或者袋子。但沉的时候，里面的东西就多了一样——没吃完的食物。

对小苗和店里的其他人而言，这种情况一般不会发生，面前的食物一定要吃完。跟礼貌和教养倒没什么太大关系，主要是面对食物，谁能忍住啊？一定要吃完才过瘾！这大概也是他们悄悄长肉的原因。

但是，人不可能都一样，对于食物，也有不同的态度。有人习惯颗粒不剩，有人则习惯剩一口，还有一些，真的是食量小。最后一种，小苗极其羡慕。她曾经跟一个女孩子一起吃饺子，一份二十个，小苗吃完觉得刚好，但那个女孩子只吃了三个就撑到了。

小苗曾经偷偷观察过那个女孩，她是真的吃饱了。但另一个女孩则略有不同，她也是只吃三个就饱了，但饭后又抄起了一袋饼干、一袋薯片、一袋杧果干等其他零食，每个都吃三五个。等她全部都放下的时候，小苗猜想，那才是真的饱了。

以前小苗总觉得，世界是按自己认为的那样运行的，但到了店里，才知道就连吃饭也是百样人生。

无论怎样（小苗感觉自己再次变成了哲学家），人在食物面前，是自由的。店长也一再告诫她，可以不理解，但要接受。便利店的最高准则，就是满足顾客，其他的不能干涉。

但是，有些时候确实很难忍住啊，比如店里忽然来了个名人。

那天小苗照常在整理货架，忽然眼睛一动不动地从商品缝里盯着进来的人。这样其实很不礼貌，但小苗很好地藏住了自己，并向阮叶打信号。

阮叶一脸茫然，倒是欢哥和程序员激动起来，瞬间明白了小苗的意思，而后挤眉弄眼的。

来人是个个子高挑，但身材极瘦的女生，长相甜美，穿着虽稳重，却又加了点俏皮元素突出了长相特点。她并没有注意到店里有人指手画脚，反而有些神游天外地在挑选吃的。

“谁啊？”阮叶终于被他们搞晕了，等小苗凑过来的时候问了一句。

“就那个，最近很火的大胃王，能吃很多火锅和很多甜点的那个。”欢哥居然了解得很详细。

“不认识，我不敢看吃东西的直播。都是大半夜发吃的，谁忍得住？”阮叶一脸拒绝。

小苗怀疑欢哥不只是冲着吃的去的，还是冲着颜值去的。让他们意外的是，程序员这种整天吃速食面，看起来清汤寡水的人，居然也是这个大胃王主播的粉丝。不过说起来，这个主播好像大部分的粉丝都是男性，明明吃的都是小女生的东西。

他们正在嘀咕的时候，妹子已经扫货完毕，居然拿了满满一筐吃的，有几瓶饮料和进口的零食，其他大部分是饭团和寿司。小苗扫了一眼冷藏柜，她刚刚摆上的饭团和寿司都被拿空了，白天的顾客没的吃了。

不过小苗没时间担心，因为妹子结完账之后没走，反而坐在用餐区，把东西铺了满满一桌。

“要在这里直播吗？”小苗、欢哥乃至程序员兴奋地摇摆，要看到真实的直播现场了。“夜宵也吃这么多啊！”小苗感慨。

但是吃播妹子没开手机，就是默默地拆开吃。小苗悄悄数了数她面前的东西，数量还不到直播时的一半，大概就是正常吃饭的量。但这个量也足以让一般人惊讶了。

“小姑娘吃这么多还这么瘦。”欢哥瞅瞅小苗和阮叶，言外之意很明显。

但阮叶却不以为然，悄悄用口型说了两个字，但小苗他们怎么也看不懂，猜了几次猜不准，阮叶也就放弃了。

吃得多的人，一般吃得也快。很短的时间，妹子就吃了大部分食物，小苗这才发现，剩下的还有一个糯米糍。那是最近店里新上的，跟工厂协商后特制的一款，表面的糯米皮沾着椰蓉，里面裹着甜甜的馅，咬一口又有弹性又清新。关键是，糯米糍整体是粉色的，绝对是少女首选，有少女心的男士当然也可以选啦。

但是，就是这么好吃的糯米糍，妹子吃第一口的时候，忽然毫无征兆地开始流泪。她本来想一口气吃完，但眼泪打断了动作，再想重新张口的时候，泪水却更加汹涌了。最后她直接放弃了，扔掉剩下一半的糯米糍，夺门而去。

“吃不完就吃不完嘛，干吗哭啊？”店里的人面面相觑。

“肯定是那东西有问题，难吃。”欢哥做出了最没有少女心的猜测，“你刚才那俩字是什么？”问的是阮叶。

“兔子。你们看到她的手背没有？”

所谓的“兔子”，说的是那些“大胃王”女孩，看起来吃得很多，食量很好的样子，实际上背地里催吐，这样才能吃那么多。催吐的手法无非是把手伸到嗓子眼，用力按压，这样她的手背就会被牙齿压出齿痕。一般这种情况都是暴食症的表现。

“好好的，干吗要吃那么多东西啊？”欢哥“啧啧啧”地停不下来。

“她最开始做直播的时候，好像是被初恋男友甩了，一直走不出来。她说吃很多东西才会快乐，这叫‘美食治疗法’。好多粉丝都学呢。”程序员扒出很早的视频。

“八卦！”

“吃东西确实让人心情很美好，可它没法代替感情啊，吃得越多，就越寂寞。”阮叶忍不住又想点烟。

此后几天，小苗看直播的时候都战战兢兢的，生怕妹子说在本店吃糯米糍吃哭了。这样的话，本店会声名狼藉的呀！

但是并没有，一切如常。直到几天后，妹子再次来到店里。

这次她没买别的，只专注于糯米糍。但货架上的糯米糍就三个，根本不够她拿的。妹子直接来到收银台，想让小苗再拿一些。

“对不起，我们不卖。”

店长说出这话的时候，小苗惊得脸都白了。不仅是她，其他人也一脸错愕。本来后面的库房里还有一些，小苗想直接去拿。但店长不仅阻止了，还说不卖，而且他说的是“不卖”，不是用作托词的“没有”。

店长居然拒绝顾客，这可是开天辟地的大事。所有人都放下了手头的事，像草原上的狐獴一样看着这边。

“最好的东西，一个就够了。”店长终于开口了。

这种话怎么可能解决问题嘛！小苗在心里喊，她感觉店里的气氛压抑得快炸了。

过了不知道多久（谁还有心情记时间啊），妹子从刚才的不知所措到默然不语，而后就在用餐区坐下，独自面对刚刚买的三个糯米糍。

但她只开了一个，一边吃一边流泪。吃完那一个之后，她默默地离开了，剩下两个就摆在桌上。

完了，这次肯定要被投诉了，还是全网投诉的那种。小苗忐忑不安地看着店长，其他人也是一样。但店长丝毫不以为意，指挥小苗继续干活。

奇怪的是，本店不仅没收到投诉，甚至连妹子这个顾客也没失去。她还是时不时地来店里一次，每次只买一个糯米糍，边吃边流泪，让人摸不着头脑。

“我跟他第一次认识的时候，他给我吃的糯米糍，就是这个味道。”最后一次吃糯米糍的时候，妹子忽然说。

之所以说是最后一次，是因为那是小苗他们最后一次见到她，不仅是在本店，也是在直播间。据说，她好像永远退出直播界了。

“为什么吃糯米糍要流泪啊？”小苗心里充满疑问。

“戒断反应吧。”阮叶总结。

“不懂。”

“这东西，最好永远别懂。”

THE FOURTH CHAPTER

无花果干和新年蛋糕

CONVENIENCE

2020.xx.xx

978-7-5594-5068-5

欢迎光临！

¥ 24.40

单品价格

欢哥最近往本店跑得特别勤。

除了天气冷，在车里开暖气费油，最近店里有活动也是关键原因。临近年底，公司又开始了订购新年蛋糕的活动，每年必做。其实这样的活动一年两次，另一次是在母亲节。新年蛋糕花样更多，这一次更是增加了大红福字款，看着就更有喜庆气氛。

不过每到这个时候，也是店里压力最大的时候。归根结底就是四个字：销售指标。公司每年都要定一个比往年高的指标，然后分派到各个店铺。为了公司的指标，也为了店铺的绩效，小苗和店长也要加油促销。这段时间店里响得最多的一句话就是：现在可以开始预订新年蛋糕了哦。

为了增加促销效果，公司甚至分发了蛋糕模型放在店里。诱人的模型，再加上店铺甜品以往积累的口碑，只要被他们问到的人，一般很难拒绝诱惑。

但是仅靠店铺内的销售人员，很难完成指标。于是，店长店员们经常要从店外挖掘客源，发动一切可以发动的人。阮叶、程序员都领了任务，而欢哥是最积极的那一个。

欢哥跟店长磨叽了好几天，终于达成协议，只要他带五十个人来预订蛋糕，就送一个蛋糕给他。

“就那个，杧果慕斯的。”欢哥甚至都挑好了。

“你不是不爱吃甜食吗？”小苗毫不留情地揭露。

“儿子回来了，让他带到同学会上吃。”欢哥算盘打得很精。

就这样，欢哥成了本店的兼职推广员，兼销售。但五十个预订也是不小的数目，太难完成了。“他去哪里找那么多人啊？”阮叶都觉得不可思议，她拉到三五个已经顶天了。

她们好像忘了（也许是欢哥经常不出车的原因），欢哥是个黑车司机，每天见得最多的就是人。再加上他没话找话的技能，拉（或者说忽悠）人买蛋糕，好像不是什么难事。

也许是欢哥功力太足，有些客人来到店里时还有点蒙，导致小苗和阮叶看欢哥的眼神有点恐怖，怀疑他是不是有拐卖人口的经验。

也许欢哥神通广大，但五十个真的很多啊。很多小店铺，一个活动期下来也只订了五十个而已。前期预订数涨得很快，但眼看着儿子的同学聚会越来越近，欢哥往店里带人的速度反倒慢了下来。

“是不是你忽悠得太狠了，别人把你当坏人了？”小苗再次打量欢哥，觉得后一句话好像跟前一句话没什么太大关系。

“唉，因为快到年底了呀。”欢哥莫名感慨。

“年底怎么了？”小苗一脸茫然。

奇怪的是，除了她不懂，其他人都一脸感慨，好像在跟欢哥打什么暗号。这让小苗有点抓狂。

除此之外，小苗还有点暗暗着急，马上就到五十个了，欢哥还不一鼓作气，时间过了可就作废了。

眼看数字不紧不慢地攀升，最终停在了四十九，更让人着急了。不过还好，这天欢哥又带来一个人。此人一米八左右，三十岁出头，五官端正，身材微胖，身穿黑色羽绒服、黑色裤子、黑色鞋子，甚至手上戴着黑色手套。除了脸白净，其余都是黑的。这在冬天以黑灰色调为主的人群里，完全是背景墙一样的存在。

这人除了装束不突出，性格也不太突出，跟欢哥那种自来熟大相径庭。小苗看到来人了，自发冲上去推销，介绍本次活动中的各种蛋糕。但对方听完，犹犹豫豫地表示要考虑考虑。

小苗愣了一下，看向欢哥。欢哥已经坐在角落里了，竟然是一副听之任之的状态。难道不是他拉来的客户？

“跟他说了蛋糕的事，他说来看看，就带他过来了。”欢哥如是说。

“看看，是订还是不订啊？要是过了时间，此前四十九个就当你做贡献了啊。”小苗觉得欢哥不是脑子忽然死机了，就是忽然有了牺牲精神。

“别别别，”欢哥脑子又开机了，“你让他看看嘛，万一订了呢？”

暂且叫这客人“小黑”吧。“小黑”转了半天，在蛋糕前面掂量了很久，也没有要订的意思，反而一脸欣喜地走到了旁边的货架旁，蹲在那里，拿了一袋无花果干，坐在店里吃了起来。

不订就不订吧，小苗已经看开了，就当欢哥牺牲一次了。况且他也买了东西，也给店里增加销售额了。

但是这种心态没能坚持太久。因为坐在那儿吃无花果干的“小黑”，脸上的表情慢慢从欣喜变成忧郁，并在吃完第一颗之后，幽幽地叹了一口气。

小苗惊疑不定地看着欢哥他们，因为她发现这声叹息，跟他们的感慨一模一样。偏偏“小黑”的叹息一个接一个，有的轻，有的重，有的是下意识的，有的则似乎是有感而发。

“喂！到底怎么了？”小苗忍不住道，把小黑吓了一跳，“唉声叹气的。”

“没什么，就是忽然想到，年底了。”小黑终于缓过神来。

“年底又怎么了？”小苗觉得这些人一个个莫名其妙的，问他们为什么又都不说。

“每到年底，总会不自觉地想，啊，这一年又是什么都没干成。体重没减下来，工资没涨上去，项目做到一半，不上不下，就连女朋友也谈得不咸不淡。本来想买块蛋糕犒劳一下自己，想来想去，又觉得这样的一年不值得犒劳。”原来“小黑”话也很多。

小苗这才恍然大悟，但对这种情绪并不是很理解，对她来说，年底还意味着热闹呢。阮叶倒是叹了一口气，却没有其他人那么沉重。

“以前我特别爱吃无花果干，但是刚才吃的时候，忽然觉得这一年就像这个无花果一样，没有什么璀璨的过程，就忽然定了性，有了结果。”

一番话说得店里安静下来，好像这个年底，大家都成了无花果。小苗觉得以自己的实力，也无法挽救现场的气氛，只能向欢哥使眼色：自己带来的人自己解决。

“这个，”欢哥关心（蛋糕）则乱，不知从何说起，“哪有人时时刻刻都璀璨啊？比如我吧，十八九岁的时候进足球队，踢了几年没踢出成绩，去当了汽车兵，中间还体验了一年炊事班长的滋味。后来复员了，进了国企，又下了岗，自己开餐馆。我也没有做到开分店的级别，就是勉强养家，后来店铺也盘了出去。没有特别光辉的时候，可人生不也这么过来了吗？”欢哥有点抓不住重点，总结不到位。

“原来无花果有花。”程序员忽然插了一句，“它的花在果实里头，也就是说，它是一边开花，一边结果。”

“啊，对啊。”欢哥一拍大腿，终于抓到了主题，“人生可不就是这样？一边开花，一边结果。看起来平平常常的日子，说不定就有好的结果等着你呢。”

小苗轻轻地点着头，欢哥这话说得倒是有哲理，但是没靠在卖蛋糕上，跑偏了。真不知道之前那四十九个是怎么忽悠来的。

“所以，每个平平常常的年，都值得犒劳。”店长正好从后面出来，补了一句，然后又回去工作了。

“小黑”这才点了头，要了订购单，订好了蛋糕。他吃完剩下的无花果，再也没有发出叹息，反而享受每一个无花果带给他的感觉。

等到“小黑”心满意足地离开之后，欢哥欢天喜地地要求兑现，要拿蛋糕，因为他儿子明天就要去参加聚会了。但小苗却觉得最后一个有争议，应该算店长卖出去的。而且，蛋糕要提前订才能拿到实物，哪能现要现有啊？

店长却像变戏法一样拿出来一盒蛋糕，那是送货车刚刚送来的。这个蛋糕早就订好了，就等着今天。加上这个，本店提前锁定了本次活动的销售冠军！

不过，欢哥接到了电话，儿子的聚会取消了。他心里犯愁，爷俩吃一盒蛋糕，压力太大了。

“那不如就……”阮叶和小苗看着蛋糕，她们控糖已久的胃蠢蠢欲动，“我们替你们分担了吧？”

欢哥立马蹦起来，要她们用五十瓶冰红茶来换，或者用烟来换。小苗却没给他算计的机会，把他推出门外，让他把他儿子接来一起吃。

新年之前一个普通的夜晚，就这么变成了茶话会。欢哥因为儿子在，破天荒地没有提蛋糕的报酬，还贡献了瓜子。在新年到来之前，大家吃甜美的蛋糕吃到撑。即便是一起分担，压力也是蛮大的。

“这……有什么寓意吗？”小苗打着饱嗝问。

“新年新气象，再奖励自己一块。”阮叶还在努力。

你所有隐秘的安放之地。

今 天 你 去 便 利 店 了 吗？ 写 下 你 与 它 的 故 事：

故事名称：# # *** convenience store ***

故事日期/编号：

谢 谢 惠 顾！

愿你走出这间便利店时，

已经找到属于你的珍贵。

YEBANBIANLIDIAN

24-HOUR
CONVENIENCE STORE

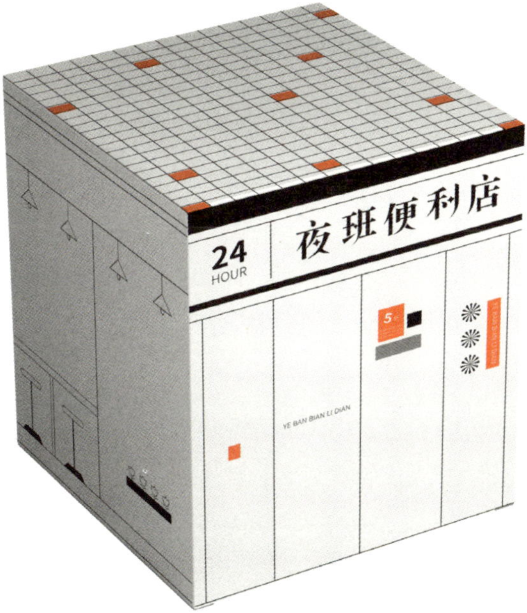

造一间属于你的便利店，盛放心底深处的喜乐与悲欢。

YEBANBIANLIDIAN